AF198876

Band 25

M olière

Der eingebildete Kranke

Molière

Der eingebildete Kranke

Band 25
1.Auflage
TLK Taschenbuch - Literatur - Klassiker
Herausgeber Frank Weber, Marburg
Bibliografische Information der Deutschen Nationalbibliothek:
Die Deutsche Nationalbibliothek verzeichnet diese Publikation in der
Deutschen Nationalbibliografie; detaillierte bibliografische Daten sind im
Internet abrufbar über http://dnb.dnb.de
© 2018 Moliere
ISBN: 9783750405677
Herstellung und Verlag: BoD – Books on Demand, Norderstedt

Inhalt

Personen:

Argan

Belinde, dessen zweite Frau

Angelique, Argans Tochter

Louison, ihre kleine Schwester

Beralde, Argans Bruder

Cleanthe

Dr. Diafoirus

Thomas Diafoirus, dessen Sohn

Dr. Purgon, Argans Arzt

Fleurant, Apotheker

Herr de Bonnefois, Notar

Toinette, Argans Dienstmädchen

Erster Aufzug

Erster Auftritt
ARGAN sitzt vor einem Tisch und reduziert mit Spielmarken die Rechnung seines Apothekers.

Drei und zwei sind fünf, und fünf sind zehn, und zehn sind zwanzig; drei und zwei sind fünf. – »Item, den vierundzwanzigsten ein insinuatives, präparatives und erweichendes kleines Klistier für Herrn Argan, zur Schmeidigung, Anfeuchtung und Erfrischung der Eingeweide Wohldesselben.« Was mir an Herrn Fleurant, meinem Apotheker, besonders gefällt, ist, daß seine Rechnungen immer so höflich stilisiert sind. »Zur Erfrischung der Eingeweide Wohldesselben; dreißig Sous.« Ja; aber mein lieber Herr Fleurant, es ist nicht genug, daß man höflich sei; man muß auch billig sein und die Kranken nicht schinden. Ein Klistier dreißig Sous! – Gehorsamer Diener, das habe ich Euch schon gesagt; Ihr habt mir's in anderen Rechnungen mit zwanzig Sous angesetzt, und zwanzig Sous in der Apothekersprache bedeuten zehn; schreiben wir also zehn Sous. »Item, von selbigem dato, ein gutes purifizierendes Klistier, nach Vorschrift zusammengestellt aus doppeltem Katholikon, Rhabarber, Rosenhonig und andern Ingredienzen, um Herrn Argans Unterleib auszufegen, zu spülen und zu reinigen, dreißig Sous.« Mit Eurer Erlaubnis, zehn Sous. »Item, von selbigem dato ein hepatischer, soporativer und schlafbringender Julep, um Herrn Argan Nachtruhe zu verschaffen, fünfunddreißig Sous.« Gegen den Julep will ich nichts sagen, denn ich schlief vortrefflich darauf. Zehn, fünfzehn, sechzehn, siebzehn Sous und sechs Deniers. »Item, den fünfundzwanzigsten, eine gute reinigende und stärkende Mixtur, bestehend aus frischer Quassia nebst levantinischen Sennesblättern und andern Ingredienzen nach der Verordnung des Herrn Dr. Purgon, um Herrn Argan die Galle auszuscheiden und zu vertreiben, vier Livres.« Ei, mein guter Herr Fleurant, das heißt die Leute zum besten haben; man muß leben und leben lassen. Herr Purgon hat Euch nicht geheißen, vier Livres anzuschreiben; seid so gut und setzt drei Livres. Zwanzig und dreißig Sous. »Item, vom nämlichen dato, ein anodiner adstringierender Trank, um Herrn Argan eine wohlschlafende Nacht zu verschaffen, fünfunddreißig Sous.« Gut; zehn und fünfzehn Sous. »Item, am sechsundzwanzigsten, ein karminatives Klistier, um Herrn Argan die Blähungen zu vertreiben, dreißig Sous.« Zehn Sous, Herr Fleurant. »Item Herrn Argans Klistier, am Abend wiederholt, wie oben, dreißig Sous.« Zehn Sous, Herr Fleurant! »Item, am siebenundzwanzigsten, eine wohltätige Medizin, um den Stuhlgang zu beschleunigen und Herrn Argan von seinen bösen Säften zu befreien, drei Livres.« Gut, zwanzig und dreißig Sous: es freut mich, daß Ihr so billig seid. »Item, am achtundzwanzigsten, eine Portion abgeklärter und versüßter Molken, um Herrn Argan das Blut zu mildern, zu besänftigen, abzukühlen und zu erfrischen, zwanzig Sous.« Gut, schreiben wir zehn Sous. »Item, ein herzstärkender und präservativer Trank, versetzt mit zwölf Gran Bezoar, Sirup von Limonaden und Granatäpfeln und allerlei andern Zutaten, nach Vorschrift, fünf Livres.« Sachte, sachte, mein lieber Herr Fleurant, wenn's gefällig ist; wenn Ihr so mit den Leuten umgeht, wer wird denn da noch krank sein wollen? – Begnügt Euch mit vier Franken; zwanzig und vierzig Sous.

Drei und zwei macht fünf, und fünf macht zehn, und zehn macht zwanzig; dreiundsechzig Livres vier Sous sechs Deniers. Folglich hätte ich denn in diesem Monat gebraucht: eine, zwei, drei, vier, fünf, sechs, sieben, acht Mixturen, und eins, zwei, drei, vier, fünf, sechs, sieben, acht, neun, zehn, elf, zwölf Klistiere; und letzten Monat waren's zwölf Mixturen und zwanzig Klistiere. Da ist's freilich kein Wunder, wenn ich mich diesen Monat weniger wohl fühle als den vorigen. Ich muß es Herrn Purgon sagen, damit er beizeiten vorbeugt. Heda! – Räumt mir das alles hier weg.

Er bemerkt, daß niemand im Zimmer ist.

Niemand hier! – Ich mag noch so viel sagen, sie lassen mich immer allein; da hilft nichts, sie lassen sich nicht halten.

Nachdem er mit einer Handklingel geschellt.

Niemand hört mich, und meine Klingel ist nicht laut genug. *Er schellt wieder.* Sie sind alle taub! – Toinette! *Schellt abermals.* Grade als ob ich gar nicht klingelte. Spitzbübin! Galgenbrut!

Er schellt. Aus der Haut möchte man fahren! – *Er schellt nicht mehr, sondern schreit aus allen Kräften.* Klingling ling ling ling ling! – Zum Teufel mit dir, du Rabenaas! Ist's denn erhört, einen armen Kranken so allein zu lassen? – Klingling ling ling ling ling! – Das ist doch wahrhaftig zum Erbarmen. Klingling ling! Ach, du lieber Gott, sie werden mich hier sterben, lassen! – Klingling ling!

Zweiter Auftritt

Argan. Toinette.

TOINETTE. Ich komme schon!

ARGAN. Warte, du Racker! Warte, du Spitzbübin!

TOINETTE *stellt sich, als habe sie sich an den Kopf gestoßen.* Zum Teufel mit Eurer Ungeduld! – Ihr hetzt einen so ab, daß ich mir draußen einen gewaltigen Stoß mit der Stirn gegen einen Fensterladen gegeben habe.

ARGAN *zornig.* Ah, du Ausbund! ...

TOINETTE *unterbricht ihn.* Au!

ARGAN. Es ist schon ...

TOINETTE. Au!

ARGAN. Schon wenigstens eine Stunde ...

TOINETTE. Au!

ARGAN. Daß ich hier allein ...

TOINETTE. Au!

ARGAN. Schweig doch, Spitzbübin; ich will mit dir zanken.

TOINETTE. Nun ja, bei meiner armen Seele! – Da kämt Ihr mir eben recht, nachdem ich mir just so weh getan habe!

ARGAN. Muß ich mir deinetwegen den Hals abschreien, du Racker?

TOINETTE. Und ich habe mir Euretwegen den Kopf zerstoßen; das ist wohl eines so schlimm als das andere. Wenn's Euch gefällig ist, wollen wir's miteinander aufgehen lassen.

ARGAN. Was, du Spitzbübin ...

TOINETTE. Wenn Ihr zanken wollt, so fange ich an zu weinen.

ARGAN. Mich so allein zu lassen, du nichtsnutziges Ding...

TOINETTE. Au!

ARGAN. Was! Du Kröte, du willst ...

TOINETTE. Au!

ARGAN. Was! Soll ich auch nicht einmal die Freude haben, sie auszuzanken?

TOINETTE. Zankt nur immer, so viel Ihr Lust habt, ich bin's zufrieden.

ARGAN. Du lässest mich ja gar nicht dazu kommen, du Wetterhexe; du fällst mir alle Augenblicke in die Rede.

TOINETTE. Wenn Ihr die Freude habt zu zanken, so ist's doch nicht mehr wie billig, daß ich mir das Vergnügen mache zu weinen. Jedem das Seine, so gehört sich's. Au!

ARGAN. Mag's denn sein; man muß sich in alles ergeben. Nimm das alles weg, Spitzbübin; nimm alles weg. *Er steht auf.* Hat mein Klistier heut gut operiert?

TOINETTE. Euer Klistier?

ARGAN. Ja. Ist viel Galle abgegangen?

TOINETTE. Meiner Treu, das sind Sachen, mit denen ich mich nicht abgebe. Das ist für Herrn Fleurants Nase; der hat den Profit davon.

ARGAN. Laß mir eine Tasse mit Fleischbrühe parat stellen, wenn ich das nächste nehmen werde.

TOINETTE. Dieser gute Herr Fleurant und der liebe Herr Purgon machen sich recht lustig mit Eurer Person; sie haben an Euch eine gute melkende Kuh gefunden, und ich möchte sie wohl einmal fragen, was Euch denn eigentlich fehlt, daß sie Euch so viel verschreiben.

ARGAN. Schweig, du unwissendes Ding; es kommt dir nicht zu, die Verordnungen der Ärzte zu kritisieren. Meine Tochter Angelique soll herunterkommen; ich habe ihr etwas zu sagen.

TOINETTE. Da kommt sie schon von selbst; sie hat Eure Gedanken erraten.

Dritter Auftritt

Argan. Angelique. Toinette.

ARGAN. Tritt näher, mein Kind; du kommst gerade recht; ich habe mit dir zu sprechen.

ANGELIQUE. Ihr dürft nur reden, mein Vater.

ARGAN. Warte! – *Zu Toinette.* Geschwind, meinen Stock! Ich bin gleich wieder da!

TOINETTE. Sputet Euch, sputet Euch, Herr Argan; Herr Fleurant macht uns zu schaffen.

Vierter Auftritt

Angelique. Toinette.

ANGELIQUE. Toinette!

TOINETTE. Was?

ANGELIQUE. Sieh mich einmal an!

TOINETTE. Nun ja, das tue ich.

ANGELIQUE. Toinette!

TOINETTE. Ja doch! Was denn, Toinette!

ANGELIQUE. Rätst du nicht, wovon ich sprechen will?

TOINETTE. Ich kann mir's schon denken; von unserm jungen Liebhaber; denn seit sechs Tagen ist von nichts anderm die Rede, und es fehlt Euch etwas, wenn Ihr nicht jeden Augenblick von ihm erzählen könnt.

ANGELIQUE. Wenn du das weißt, warum fängst du denn nicht gleich zuerst von ihm an? – Und warum ersparst du mir nicht die Mühe, dich auf diesen Diskurs zu bringen?

TOINETTE. Ihr laßt mir ja gar nicht die Zeit dazu, und sorgt schon dafür, daß man Euch nicht zuvorkommen kann.

ANGELIQUE. Ich gestehe dir, ich kann es nicht müde werden, von ihm zu sprechen, und sehne mich nach jedem Augenblick, wo ich dir mein Herz ausschütten kann. Sage mir aber, Toinette, tadelst du denn meine Neigung für ihn?

TOINETTE. Behüte!

ANGELIQUE. Habe ich unrecht, mich diesem süßen Gefühl hinzugeben?

TOINETTE. Wer sagt denn das?

ANGELIQUE. Oder verlangst du, daß ich für die zärtlichen Beteuerungen seiner feurigen Leidenschaft gleichgültig bleibe?

TOINETTE. Das wolle Gott nicht!

ANGELIQUE. Sag mir doch, findest du nicht auch in der wunderbaren Art, wie wir unsere Bekanntschaft gemacht haben, etwas Verhängnisvolles und einen Fingerzeig des Himmels?

TOINETTE. Ja.

ANGELIQUE. Findest du nicht, daß die Art, wie er meine Verteidigung übernahm, ohne mich zu kennen, ein durchaus edles Herz beweist?

TOINETTE. Ja.

ANGELIQUE. Daß man nicht großmütiger handeln konnte?

TOINETTE. Gewiß!

ANGELIQUE. Und daß er sich dabei mit dem feinsten Anstand betrug?

TOINETTE. Jawohl!

ANGELIQUE. Findest du ihn nicht auch sehr hübsch gewachsen, Toinette?

TOINETTE. Versteht sich!

ANGELIQUE. Und von angenehmstem Äußern?

TOINETTE. Ohne Frage.

ANGELIQUE. Hat nicht alles, was er sagt und was er tut, einen gewissen Adel?

TOINETTE. Das ist sicher.

ANGELIQUE. Kann man sich leidenschaftlicher und liebevoller ausdrücken, als er in jedem seiner Worte?

TOINETTE. Unmöglich!

ANGELIQUE. Und gibt es wohl etwas Unerträglicheres, als den Zwang, in dem man mich hält, der jede Äußerung unserer gegenseitigen Zärtlichkeit verbietet?

TOINETTE. Ihr habt ganz recht.

ANGELIQUE. Aber, meine gute Toinette, glaubst du auch, daß er mich wirklich so liebt, wie er sagt?

TOINETTE. Ja seht, das sind Dinge, die man nicht immer verbürgen kann. Die Verstellung in der Liebe sieht mitunter der Wahrheit täuschend ähnlich; und ich habe Leute gekannt, die in diesem Punkt große Komödianten waren.

ANGELIQUE. Ach, Toinette, was sagst du da! Wie, wäre es denn möglich, daß, wenn er spricht, wie er's tut, er nicht die Wahrheit sagte?

TOINETTE. Ihr werdet jedenfalls darüber bald im klaren sein; und sein Entschluß, von dem er Euch gestern schrieb, um Eure Hand anhalten zu lassen, ist das sicherste Mittel, Euch zu überzeugen, ob er's aufrichtig meint oder nicht. Das wird der beste Beweis sein.

ANGELIQUE. Ach, Toinette, wenn der mich betrügt, so glaube ich in meinem ganzen Leben keinem Manne mehr!

TOINETTE. Da kommt Euer Vater wieder.

Fünfter Auftritt

Argan. Angelique. Toinette.

ARGAN. Also denn, mein Kind, ich habe dir eine Neuigkeit mitzuteilen, die du dir vielleicht nicht vermutest. Es hat jemand um dich angehalten. Wie! – Du lachst? – Ja, ja, das Wort Heirat gefällt dir; es klingt allen jungen Mädchen gut. Oh, Natur! Natur! – Wie ich sehe, meine liebe Tochter, habe ich nicht nötig, dich erst zu fragen, ob du etwas dagegen hast.

ANGELIQUE. Ich muß alles tun, Herr Vater, was Euch gefällig sein wird, mir zu befehlen.

ARGAN. Es freut mich, daß ich eine so gehorsame Tochter habe. Die Sache ist also abgemacht, und ich habe dich versprochen.

ANGELIQUE. Es ist meine Schuldigkeit, Herr Vater, Eurem Willen in allem blindlings zu folgen.

ARGAN. Meine Frau, deine Stiefmutter, hatte im Sinne, ich solle dich in ein Kloster schicken, dich und deine kleine Schwester Louison; sie war von jeher darauf erpicht.

TOINETTE *beiseite.* Die liebe Seele hat ihre guten Ursachen.

ARGAN. Sie wollte in diese Heirat nicht willigen; ich habe es aber durchgesetzt und mein Wort gegeben.

ANGELIQUE. Ach, mein Vater, wie danke ich Euch für alle Eure Güte!

TOINETTE *zu Argan.* Wahrhaftig, das freut mich um Euch, und Ihr habt in Eurem ganzen Leben nichts Klügeres getan.

ARGAN. Ich habe deinen Zukünftigen noch nicht gesehen: aber man sagt mir, ich würde mit ihm zufrieden sein und du ebenfalls.

ANGELIQUE. Ja, gewiß, mein Vater.

ARGAN. Wie! Kennst du ihn denn schon?

ANGELIQUE. Weil Eure Zustimmung mir erlaubt, Euch mein Herz zu eröffnen, so darf ich Euch nicht verschweigen, daß der Zufall uns vor sechs Tagen zusammengeführt hat, und daß sein Antrag eine Folge der Zuneigung ist, die wir vom ersten Augenblick an füreinander gefaßt haben.

ARGAN. Das hatten sie mir nicht gesagt; aber es ist mir lieb zu hören, und um so viel besser so. Sie versichern mir, es sei ein langer, hübscher junger Mensch.

ANGELIQUE. Ja, Herr Vater.

ARGAN. Gut gewachsen.

ANGELIQUE. Jawohl.

ARGAN. Von angenehmem Wesen.

ANGELIQUE. Ganz recht.

ARGAN. Eine gute Physiognomie –

ANGELIQUE. Eine sehr gute!

ARGAN. Verständig und von guter Familie –

ANGELIQUE. Ja, das ist er.

ARGAN. Sehr höflich –

ANGELIQUE. Der höflichste Mensch von der Welt.

ARGAN. Soll gleich gut Lateinisch und Griechisch sprechen –

ANGELIQUE. Davon weiß ich nichts.

ARGAN. Und wird in drei Tagen sein Diplom als Doktor der Medizin erhalten.

ANGELIQUE. Er, mein Vater?

ARGAN. Ja. Hat er dir's nicht gesagt?

ANGELIQUE. Nein, wahrhaftig. Wer hat Euch das aber erzählt?

ARGAN. Herr Doktor Purgon.

ANGELIQUE. Kennt Doktor Purgon ihn denn?

ARGAN. Schöne Frage! Er muß ihn ja wohl kennen, weil er sein Onkel ist.

ANGELIQUE. Cleanthe wäre Herrn Purgons Neffe?

ARGAN. Was für ein Cleanthe? Wir sprechen von dem, der um dich hat anhalten lassen.

ANGELIQUE. Ganz recht!

ARGAN. Nun also! Und der ist Herrn Purgons Neffe; der Sohn seines Schwagers, des Doktors Diafoirus: selbiger Sohn heißt aber Thomas und nicht Cleanthe; und wir haben diese Heirat heut morgen verabredet, Herr Purgon, Herr Fleurant und ich: morgen soll mein zukünftiger Schwiegersohn mir von sei nem Vater vorgestellt werden. Was ist dir denn? Du bist ja ganz außer Fassung?

ANGELIQUE. Ach, bester Vater, ich sehe, Ihr habt von ganz einem andern gesprochen, als an den ich dachte!

TOINETTE. Wie, Herr Argan, hättet Ihr wirklich einen so närrischen Gedanken gehabt? Und wolltet Ihr mit Eurem vielen Gelde Eure Tochter an einen Arzt verheiraten?

ARGAN. Ja. Was hast du darein zu reden, du unverschämte Spitzbübin?

TOINETTE. Sachte, sachte, Herr Argan. Ihr fangt gleich mit Schimpfworten an. Können wir denn nicht miteinander reden, ohne uns zu ereifern? – So, laßt uns die Sache einmal ganz gelassen betrachten. Was habt Ihr für einen Grund, wenn's Euch gefällig ist, um diese Heirat zu wünschen?

ARGAN. Was für einen Grund? Schwach und kränklich, wie ich bin, will ich einen Arzt zum Eidam und Ärzte zu Verwandten haben, um mir zuverlässigen Beistand gegen meine Krankheit zu sichern; um die Quellen zu den Mitteln, die mir verschrieben werden, in meiner Familie zu wissen, und um die Konsultationen und Verordnungen immer bei der Hand zu haben.

TOINETTE. Sehr gut! Das nenne ich wenigstens einen Grund anführen, und es ist ein Vergnügen, sich einer mit dem andern in aller Sanftmut zu besprechen. Aber, mein bester Herr, antwortet mir einmal auf Ehre und Gewissen: seid Ihr krank?

ARGAN. Was, du Spitzbübin, ob ich krank bin? Ob ich krank bin, du unverschämte Kreatur?

TOINETTE. Ei nun ja, Herr Argan, Ihr seid krank; darüber wollen wir nicht miteinander zanken. Ja, Ihr seid sehr krank, das gebe ich zu, und kränker als Ihr denkt: damit wären wir fertig. Aber Eure Tochter soll einen Mann für sich nehmen; und da sie nicht krank ist, scheint mir's nicht nötig, ihr einen Arzt auszusuchen.

ARGAN. Es ist ja auch meinetwegen, daß ich ihr diesen Arzt ausgesucht habe; und eine wohlgeartete Tochter sollte sich freuen, wenn sie für die Gesundheit ihres Vaters heiraten kann.

TOINETTE. Meiner Seel', Herr Argan; dazu kann ich nicht schweigen: wollt Ihr, daß ich Euch als Freundin einen Rat gebe?

ARGAN. Laß einmal hören!

TOINETTE. Daß Ihr an diese Heirat nicht denken sollt.

ARGAN. Und der Grund?

TOINETTE. Der Grund? – Weil Eure Tochter nicht darin einwilligen wird.

ARGAN. Sie wird nicht einwilligen?

TOINETTE. Nein.

ARGAN. Meine Tochter?

TOINETTE. Eure Tochter. Sie wird Euch sagen, daß sie weder von Herrn Diafoirus, noch von seinem Sohne, Herrn Thomas Diafoirus, noch von allen Diafoirus der ganzen Welt das mindeste wissen will.

ARGAN. Aber ich will etwas von ihnen wissen, ich; und überdem ist die Partie viel besser als man denkt. Herr Diafoirus hat nur den einen Sohn zum Erben; Herr Purgon, der weder Weib noch Kind hat, verschreibt diesem um seiner Heirat willen sein ganzes Vermögen; und Herr Purgon ist ein Mann, der sich auf volle achttausend Franken jährlicher Renten steht.

TOINETTE. Der muß eine hübsche Menge von Menschen umgebracht haben, daß er so reich geworden ist!

ARGAN. Achttausend Franken Renten wollen etwas sagen; und dazu noch das Vermögen des Vaters!

TOINETTE. Herr Argan, das ist alles recht schön und gut: aber ich bleibe doch dabei: ich rate Euch unter uns, sucht ihr einen andern Mann aus; sie ist nicht dazu gemacht, Madame Diafoirus zu werden.

ARGAN. Ich will es aber so.

TOINETTE. I pfui! Sagt doch das nicht!

ARGAN. Was! Ich soll das nicht sagen?

TOINETTE. I nein!

ARGAN. Und warum soll ich's nicht sagen?

TOINETTE. Weil man behaupten wird, Ihr wüßtet nicht, was Ihr sprächt.

ARGAN. Mögen die Leute sagen, was sie wollen; aber ich sage dir, ich will, daß sie erfüllen soll, was ich versprochen habe.

TOINETTE. Nein; ich weiß gewiß, sie tut es nicht.

ARGAN. Ich werde sie schon zwingen.

TOINETTE. Ich wiederhole Euch, sie tut es nicht.

ARGAN. Sie tut es, oder ich stecke sie in ein Kloster.

TOINETTE. Ihr?

ARGAN. Ich.

TOINETTE. Pah!

ARGAN. Was – Pah?

TOINETTE. Ihr steckt sie nicht in ein Kloster.

ARGAN. Ich stecke sie nicht in ein Kloster?

TOINETTE. Nein.

ARGAN. Nicht?

TOINETTE. Nein.

ARGAN. Oho, das ist ja allerliebst. Ich soll meine Tochter nicht in ein Kloster schicken, wenn ich will?

TOINETTE. Nein, sage ich Euch.

ARGAN. Wer wird mir's wehren?

TOINETTE. Ihr selbst.

ARGAN. Ich?

TOINETTE. Ja. Das bringt Ihr nicht übers Herz.

ARGAN. Das werde ich.

TOINETTE. Ihr scherzt nur.

ARGAN. Ich scherze gar nicht.

TOINETTE. Die väterliche Zärtlichkeit wird Euch ergreifen.

ARGAN. Sie wird mich nicht ergreifen.

TOINETTE. Eine kleine Träne oder zwei, ein Paar Arme um Euren Hals geschlungen, ein recht zärtlich gesprochenes »mein Herzensväterchen« werden hinreichen, Euch zu rühren.

ARGAN. Das alles wird mir nichts anhaben.

TOINETTE. Ja, ja.

ARGAN. Ich sage dir, daß ich nicht davon ablasse.

TOINETTE. Kleinigkeit!

ARGAN. Nichts da von Kleinigkeit.

TOINETTE. Mein Gott, ich kenne Euch ja; Ihr seid gutherzig von Natur.

ARGAN *heftig.* Ich bin nicht gutherzig, ich werde auch böse, wenn ich will.

TOINETTE. Ereifert Euch nicht; Ihr bedenkt nicht, daß Ihr krank seid.

ARGAN. Ich befehle ihr unweigerlich, sie soll sich drauf gefaßt machen, den von mir bestimmten Mann zu nehmen.

TOINETTE. Und ich verbiete ihr unweigerlich, auch nur daran zu denken.

ARGAN. In welchem Lande leben wir denn? Und was ist denn das für eine Frechheit, daß ein spitzbübisches Dienstmädchen sich erdreistet, so mit ihrem Herrn zu reden?

TOINETTE. Wenn ihr Herr nicht weiß, was er tut, so hat ein vernünftiges Dienstmädchen das Recht, ihn zurückzuhalten.

ARGAN. Warte, du impertinente Kreatur, ich schlage dich tot! *Er verfolgt sie.*

TOINETTE *stellt einen Stuhl zwischen ihn und sich.* Es ist meine Pflicht, mich Dingen zu widersetzen, die Euch Schande bringen würden.

ARGAN *läuft mit seinem Stock um den Stuhl herum.* Komm nur heran; ich will dich reden lehren!

TOINETTE *ihm immer ausweichend.* Mir liegt nur dran, daß Ihr keine Torheit begeht ...

ARGAN *wie zuvor.* Kröte!

TOINETTE *wie zuvor.* Und ich werde die Heirat nie zugeben.

ARGAN *wie zuvor.* Meerkatze!

TOINETTE. Ich leide es nicht, daß sie Euren Thomas Diafoirus nimmt.

ARGAN *wie zuvor.* Rabenaas!

TOINETTE *wie zuvor.* Und sie wird mir mehr gehorchen als Euch.

ARGAN *stillstehend.* Angelique, willst du mir die infame Kreatur gleich festhalten?

ANGELIQUE. Ach, lieber Vater, macht Euch nur nicht krank.

ARGAN. Wenn du sie nicht festhältst, gebe ich dir meinen Fluch.

TOINETTE *im Weggehen.* Und ich enterbe sie, wenn sie Euch gehorcht.

ARGAN *wirft sich in seinen Lehnstuhl.* Ach! ach! Ich kann nicht mehr. Das wird mein Tod sein!

Sechster Auftritt
Belinde. Argan.

ARGAN. Ach, Frau, komm her!

BELINDE. Was hast du, mein armes Männchen?

ARGAN. Komm mir zu Hilfe!

BELINDE. Was hat's denn gegeben, mein liebes Söhnchen?

ARGAN. Mein Lamm!

BELINDE. Mein Engel!

ARGAN. Ich bin so in Zorn geraten!

BELINDE. Ach, du armer lieber Schatz! Worüber denn, mein Männchen?

ARGAN. Deine Toinette, die Spitzbübin, war unverschämter wie je.

BELINDE. Beruhige dich nur.

ARGAN. Sie hat mich ganz in Wut gebracht, mein Lamm.

BELINDE. Still doch, liebes Söhnchen.

ARGAN. Eine ganze Stunde lang hat sie allem widersprochen, was ich tun will.

BELINDE. Ruhig, ruhig, mein Kind!

ARGAN. Sie hat die Frechheit gehabt, mir zu sagen, ich wäre nicht krank.

BELINDE. Das naseweise Ding!

ARGAN. Du weißt am besten, mein Herz, wie sich's damit verhält.

BELINDE. Ja, mein Herz, sie hat unrecht.

ARGAN. Ach, mein Goldkind, die Spitzbübin bringt mich noch unter die Erde.

BELINDE. O still doch! still doch!

ARGAN. Sie ist schuld an aller meiner Galle.

BELINDE. Ärgere dich nur nicht!

ARGAN. Und ich habe dir schon so oft gesagt, du sollst sie fortschicken.

BELINDE. Mein Gott, liebes Kind, es gibt keinen Dienstboten, der nicht seine Fehler hätte. Man muß zuweilen schon ihre schlechten Eigenschaften um der guten willen ertragen. Das Mädchen ist geschickt, sorgsam, fleißig, und überdem ehrlich und treu; und du weißt, daß man jetzt sehr vorsichtig sein muß, wenn man Leute annimmt. He, Toinette!

Siebenter Auftritt
Argan. Belinde. Toinette.

TOINETTE. Madame?

BELINDE. Was soll das heißen, daß du meinen lieben Mann so ärgerst?

TOINETTE *im sanftesten Ton*. Ich Madame? – Ach, ich weiß nicht, was Ihr sagen wollt; ich denke ja an nichts, als wie ich's Herrn Argan in allen Dingen recht machen will.

ARGAN. Oh, die falsche Katze!

TOINETTE. Er sagte uns, er wolle seine Tochter dem Sohn des Herrn Diafoirus zur Frau geben; darauf antwortete ich, ich fände die Partie eine sehr annehmliche für sie, aber ich wäre der Meinung, er würde besser tun, sie in ein Kloster zu schicken.

BELINDE. Das ist so unrecht eben nicht, und ich finde, sie hat dir ganz gut geraten.

ARGAN. Ach, mein Goldkind, glaubst du ihr denn? Sie ist ein boshafter Satan und hat mir hundert Impertinenzen gesagt.

BELINDE. Nun gut, ich glaube dir, mein Engel. So, sei nur ruhig. Höre, Toinette, wenn du je wieder meinen lieben Mann ärgerst, so jage ich dich fort. Jetzt tummle dich, bringe mir seinen Pelzrock und ein paar Kissen, damit ich's ihm bequem mache. Du sitzest ja da, ich weiß nicht wie. Zieh dir deine Mütze hübsch über beide Ohren: nichts erkältet den Menschen leichter, als wenn ihm ein Zugwind ins Ohr dringt.

ARGAN. Ach, mein Lamm, wie dankbar bin ich dir für alle deine Sorgfalt!

BELINDE *legt ihm die Kissen zurecht.* Richte dich ein wenig auf, damit ich dir dies Kissen unterlegen kann. Das hier tue ich an diese Seite, damit du dich anlehnen kannst, und dies an die andre. Nun noch eins hinter den Rücken, und eins, um den Kopf zu stützen.

TOINETTE *stülpt ihm ein Kissen derb auf den Kopf.* Und noch eins, um Euch vor der Abendluft zu schützen.

ARGAN *steht zornig auf und wirft Toinetten alle Kissen nach.* Ah, Spitzbübin, du willst mich ersticken!

Achter Auftritt
Argan. Belinde.

BELINDE. Stille doch! Stille! Was gibt's denn nun wieder?

ARGAN *wirft sich in seinen Stuhl.* Ach! ach! ach! Ich kann nicht mehr!

24

BELINDE. Was ereiferst du dich wieder? Sie hat geglaubt, es recht gut zu machen.

ARGAN. Mein Goldkind, du weißt nicht, wie boshaft die schändliche Kreatur ist. Ach! Ich bin ganz außer mir; und ich werde wenigstens acht Purganzen und zwölf Klistiere brauchen, um das alles wieder gutzumachen.

BELINDE. Nun, nun, mein Engel, gib dich nur zufrieden!

ARGAN. Du bist mein ganzer Trost, mein liebes Lamm.

BELINDE. Mein armes Söhnchen!

ARGAN. Ich will auch, um mich so viel ich vermag für alle deine Liebe erkenntlich zu erweisen – ich will, wie ich dir schon gesagt habe, mein Testament machen.

BELINDE. Ach, mein Engel, reden wir davon nicht, ich bitte dich; ich kann's nicht ertragen nur daran zu denken, und schon das Wort Testament macht mich schaudern.

ARGAN. Ich hatte dich gebeten, du möchtest mit deinem Notar darüber reden.

BELINDE. Er ist drinnen; ich habe ihn eben mitgebracht.

ARGAN. Laß ihn also kommen, mein Lamm.

BELINDE. Ach, mein liebster Schatz, wenn man seinen Mann so recht von Herzen liebt, ist man nicht imstande, an dergleichen zu denken.

Neunter Auftritt
Herr de Bonnefois. Belinde. Argan.

ARGAN. Kommt näher, Herr de Bonnefois, kommt näher. Nehmt Euch einen Sessel, wenn's gefällig ist.

Meine Frau hat mir gesagt, mein Herr, Ihr wäret ein braver Mann und einer von ihren besten Freunden; deshalb habe ich ihr aufgetragen, mit Euch über ein Testament zu reden, das ich machen will.

BELINDE. Ach! ich bin nicht imstande, über dergleichen Dinge zu reden!

HERR DE BONNEFOIS. Sie hat mir Eure Absichten und Pläne in Beziehung auf sie auseinandergesetzt; und darauf muß ich Euch denn bemerken, daß Ihr Eurer Frau in Eurem Testament nichts vermachen könnt.

ARGAN. Warum nicht?

HERR DE BONNEFOIS. Es ist gegen das Gewohnheitsrecht. Wenn Ihr in einer der Provinzen lebtet, in welchen geschriebenes Recht gilt, so ließe die Sache sich machen; aber hier in Paris geht es nicht an, und Eure Verfügung wäre null und nichtig. Alles, was Mann und Frau sich einander zugute tun können, ist ein gegenseitiges Geschenk unter Lebenden; und auch in dem Fall dürfen zur Zeit des Sterbefalls des ersten von beiden keine Kinder vorhanden sein, weder aus der gegenwärtigen noch aus einer früheren Ehe.

ARGAN. Das finde ich ein recht verkehrtes Herkommen, daß ein Mann seiner Frau, die er zärtlich liebt und die ihn so sorgfältig gepflegt hat, nichts hinterlassen soll. Ich hätte Lust, meinen Advokaten zu konsultieren und zu hören, was dabei zu tun ist.

HERR DE BONNEFOIS. Ihr müßt Euch an keinen Advokaten wenden, denn die nehmen solche Sachen sehr streng und bilden sich ein, es sei ein schweres Verbrechen, das Gesetz zu täuschen. Sie machen überall Schwierigkeiten und wissen nicht, wie man dem Gewissen zu Hilfe kommt.

Es gibt noch andre Leute, die Ihr um Rat fragen müßt, die gefügiger sind und die rechten Mittel wissen, um sacht über das Gesetz wegzuschlüpfen und das Unerlaubte legal zu machen: Leute, die sich darauf verstehn, die Schwierigkeiten einer Sache zu applanieren und Mittel zu finden, das Herkommen auf eine indirekte Weise zu umgehn. Was fingen wir auch an, wenn das nicht wäre? – Man muß sich zu helfen wissen; sonst könnten wir ja nichts machen, und ich gäbe keinen Heller für unser Gewerbe.

ARGAN. Meine Frau hatte mir's wohl gesagt, mein werter Herr, Ihr wäret ein sehr geschickter und sehr braver Mann. Wie soll ich's also anfangen, ich bitte Euch, um ihr mein Vermögen zuzuwenden und es meinen Kindern zu entziehen?

HERR DE BONNEFOIS. Wie Ihr's anfangen sollt? Ihr sucht Euch in der Stille einen intimen Freund Eurer Frau aus, dem Ihr in aller Form Rechtens durch ein Testament vermacht so viel Ihr wollt; und dieser Freund zahlt ihr nachher alles wieder zurück. Oder Ihr stellt eine ganze Reihe von rechtskräftigen Obligationen an verschiedene fingierte Kreditoren aus, die ihren Namen dazu hergeben und Eurer Frau unter der Hand einen Revers einhändigen, durch welchen sie bekennen, das alles nur ihr zu Gefallen getan zu haben. Endlich könnt Ihr Eurer Frau ja auch bei Euren Lebzeiten bares Geld oder Wechsel, die auf den Vorzeiger lauten, zustellen.

BELINDE. Mein Gott, quäle dich doch nicht mit solchen Dingen. Wenn dir etwas zustieße, mein liebster Schatz, so möchte ich nicht länger auf der Welt bleiben.

ARGAN. Mein Lamm!

BELINDE. Ja, mein Herzenssöhnchen, wenn ich das Unglück erleben sollte, dich zu verlieren ...

ARGAN. Meine liebe Frau!

BELINDE. So hat das Leben keinen Wert mehr für mich.

ARGAN. Mein Engel!

BELINDE. Und ich folge dir ins Grab, um dir meine Zärtlichkeit zu beweisen.

ARGAN. Mein Lamm, du zerreißest mir das Herz! Tröste dich, ich bitte dich.

HERR DE BONNEFOIS *zu Belinde*. Ihr habt ja noch gar keine Veranlassung zu weinen; wir sind noch nicht so weit.

BELINDE. Ach, mein Herr, Ihr wißt nicht, was es heißt, einen Mann so zärtlich lieben!

ARGAN. Am meisten wird mir's leid sein, wenn ich sterbe, mein Lamm, daß ich kein Kind von dir habe. Herr Purgon hatte mir gesagt, er würde mir dazu verhelfen ...

HERR DE BONNEFOIS. Das kann noch kommen.

ARGAN. Jetzt will ich vor allen Dingen mein Testament machen, mein Herz, und zwar auf die Art, wie Herr de Bonnefois sagt: aber um sicher zu gehn, will ich zwanzigtausend Frank in Gold, die ich im Getäfel meines Alkovens verwahrt habe, in deine Hände geben, und außerdem zwei auf den Vorzeiger ausgestellte Wechsel, einen von Herrn Damon und einen von Herrn Géronte.

BELINDE. Nein, nein, was frage ich nach dem allen! Ach! ... Wieviel sagst du, daß in deinem Alkoven sind?

ARGAN. Zwanzigtausend Frank, mein Lamm.

BELINDE. Sprich mir nicht von Geld, ich bitte dich. Ach! – Wieviel betragen die beiden Wechsel?

ARGAN. Der eine, mein Engel, lautet auf viertausend Frank, der andre auf sechs.

BELINDE. Alle Schätze der Welt, mein herzliebster Mann, sind nichts im Vergleich mit dir.

HERR DE BONNEFOIS *zu Argan.* Sollen wir jetzt zum Testament schreiten?

ARGAN. Ja, mein werter Herr. Aber wir können das besser in meinem kleinen Kabinett abmachen. Führe mich, mein Lamm, wenn du so gut sein willst.

BELINDE. Komm, mein armes liebes Söhnchen!

Zehnter Auftritt
Angelique. Toinette.

TOINETTE. Sie stecken da mit einem Notar zusammen, und ich habe etwas von einem Testamente sprechen hören. Eure Stiefmutter legt die Hände nicht in den Schoß und drängt gewiß Euren Vater wieder zu einer Verschwörung gegen Euch.

ANGELIQUE. Mag er doch mit meinem Vermögen schalten wie er will, wenn er nur nicht über mein Herz verfügt. Du siehst, Toinette, zu welchen Gewaltschritten man ihn drängen will; verlaß mich nicht in meiner Not, ich bitte dich!

TOINETTE. Ich Euch verlassen? lieber wollte ich sterben. Eure Stiefmutter mag sich noch so viel Mühe geben, mich in ihr Vertrauen zu ziehn und für ihre Pläne zu gewinnen, ich habe sie nie leiden können, und bin immer auf Eurer Seite gewesen. Laßt mich nur machen; ich werde alles daransetzen, Euch zu helfen: aber um Euch besser dienen zu können, muß ich die Sache anders angreifen; ich muß meinen Eifer für Euch verbergen und mich stellen, als ginge ich auf die Absichten Eures Vaters und Eurer Stiefmutter ein.

ANGELIQUE. Suche nur vor allem, darum beschwöre ich dich, Cleanthe von der beschlossenen Heirat Nachricht zu geben.

TOINETTE. Dazu kann ich niemand verwenden, als den alten Wucherer Polichinelle, meinen Anbeter; es wird mir einige süße Worte kosten, und die will ich gern für Euch dranwenden. Heut abend ist es schon zu spät, aber morgen mit dem frühesten werde ich ihn holen lassen, und er wird hocherfreut sein ...

Elfter Auftritt
Belinde. Toinette.

BELINDE *drinnen.* Toinette!
TOINETTE. Ich werde gerufen. Gute Nacht! – Verlaßt Euch auf mich.

Erstes Zwischenspiel
Das Theater stellt eine Stadt vor
Es ist Nacht; Polichinelle tritt auf und will seiner Schönen ein Ständchen bringen. Dabei wird er zuerst von Musikanten gestört, die seinen Zorn erregen, und nachher durch die Scharwache.

Erster Auftritt

POLICHINELLE. O Liebe, Liebe, Liebe, Liebe! – Mein armer Polichinell, was zum Teufel hast du dir aber auch in den Kopf gesetzt? – Womit verdirbst du deine Zeit, du miserabler Narr, der du bist? – Du kümmerst dich nicht mehr um dein Geschäft und läßt alles drunter und drüber gehn; du ißt nichts mehr, du trinkst beinah nichts mehr und versäumst deinen Schlaf; und das alles um wen? –

Um einen Drachen, einen ausgemachten Drachen, einen Satan, der die Tür vor der Nase zuschlägt und dich auslacht. Aber da hilft kein Grübeln; die Liebe will's einmal so, und man muß ein Narr sein, wie so viele andre. Das ist just nicht das Klügste für einen Mann in meinen Jahren; aber was soll ich machen? Man ist nicht allemal gescheit, wenn man will, und ein alter Kopf wird grade so leicht verdreht wie ein junger. Ich will jetzt versuchen, ob ich meine Tigerin vielleicht durch ein Ständchen zahmer machen kann. Mitunter ist nichts so rührend als ein Verliebter, der seinen Kummer den Riegeln und Türangeln seiner Schönen klagt. *Er nimmt seine Laute.* Die soll meinen Gesang begleiten. O Nacht! o holde Nacht! – trage mein Liebesleid bis zum Pfühl meiner Unerbittlichen.

Notte e dì v'amo e v'adoro!
Cerco un sì per mio ristoro!
Ma se voi dite di nò,
Bella ingrata, io morirò;
Frà la speranza
S'afflige il cuore,
In contenanza
Consuma l'ore;
Si dolce inganno
Che mi figura
Breve l'affanno,
Ahi! troppo dura!
Cosi per troppo amar languisco e muoro.
Notte e di v'amo e v'adoro!
Cerco un sì per mio ristoro!
Ma se voi dite di nò,
Bella ingrata, io morirò.
Se non dormite

Almen pensate
Alle ferite
Ch'al cuor mi fate.
Deh! almen fingete
Per mio conforto.
Se ni uccidete
D'avèr il torto;
Vostra pietà mi scemarà il martiro.

Zweiter Auftritt
Polichinelle und ein altes Weib am Fenster, die ihn verhöhnt.

DIE ALTE *singt.*
Zerbinetti, che' ognor con finti sguardi
Mentiti desiri
Fallaci sospiri
Accenti bugiardi
Di fede vi pregiate
Ah! che non m'ingannate.
Che gia so per prova.
Ch'in voi non si trova
Costanza ne fede.
Oh, quanto è pazzo colei che vi crede! –
Quei sguardi languidi
Non m'iuamorano;
Quei sospir fervidi
Più non m'inflammano,
Ve'l guiro a fè.
Zerbino misero
Del vostro piangere
Il mio cuor libero
Vuol sempre ridere;
Credete a me;

Che già so per prova
Ch'in voi non si trova
Costanza ne fede.
Oh! quanto è pazza colei che vi crede!

Dritter Auftritt
Polichinelle. Musikanten hinter der Szene.

DIE MUSIKANTEN *fangen an, ein Stück zu spielen.*
POLICHINELLE. Welche einfältige Musik stört
denn hier meinen Gesang?
DIE MUSIKANTEN *fahren fort zu spielen.*
POLICHINELLE. Stille da! Schweigt, ihr Fiedler!
Laßt mich hier in Ruhe über die Grausamkeit meiner
Unerbittlichen klagen.
DIE MUSIKANTEN *spielen.*
POLICHINELLE. Schweigt, sage ich euch; ich will
jetzt singen.
DIE MUSIKANTEN *spielen.*
POLICHINELLE. Stille doch!
DIE MUSIKANTEN *spielen.*
POLICHINELLE. Immer noch?
DIE MUSIKANTEN *spielen.*
POLICHINELLE. Ach!
DIE MUSIKANTEN *spielen.*
POLICHINELLE. Wollt ihr mich zum besten haben?
DIE MUSIKANTEN *spielen.*
POLICHINELLE. Welch ein Spektakel!
DIE MUSIKANTEN *spielen.*
POLICHINELLE. Hol' euch der Teufel!
DIE MUSIKANTEN *spielen.*
POLICHINELLE. Ich möchte bersten!
DIE MUSIKANTEN *spielen.*
POLICHINELLE. Hört ihr noch nicht auf?

DIE MUSIKANTEN *hören ein wenig auf.*
POLICHINELLE. Gott sei Dank!
DIE MUSIKANTEN *fangen wieder an.*
POLICHINELLE. Schon wieder?
DIE MUSIKANTEN *spielen.*
POLICHINELLE. Hol' euch die Pest!
DIE MUSIKANTEN *spielen.*
POLICHINELLE. Und eure alberne Musik obendrein!
DIE MUSIKANTEN *spielen.*
POLICHINELLE *fängt an zu singen, um die Musikanten zu ärgern.* La lalalala lalala ...
DIE MUSIKANTEN *spielen.*
POLICHINELLE *ebenso.* Lala lalalala lalalalala! ...
DIE MUSIKANTEN *spielen.*
POLICHINELLE *ebenso.* La lalalala lalala ...
DIE MUSIKANTEN *spielen.*
POLICHINELLE *ebenso.* Lala la lala.
DIE MUSIKANTEN *spielen.*
POLICHINELLE. Meiner Treu', nun fängt das Ding an, mir Vergnügen zu machen. Fahrt ja fort, meine Herren Fiedler; ihr tut mir den größten Gefallen.
DIE MUSIKANTEN *hören auf.*
POLICHINELLE *nachdem alles still geworden.* O spielt doch weiter, ich bitte euch.

Vierter Auftritt

POLICHINELLE. Das ist das Mittel, sie zum Schweigen zu bringen; die Musikanten haben es einmal an der Art, nicht zu tun, was man will. So, nun ist die Reihe an mir. Ehe ich aber anfange zu singen, muß ich ein wenig präludieren und ein Stückchen spielen, um den rechten Ton zu finden. *Er nimmt seine Laute und tut, als ob er spiele, indem er mit*

34

dem Munde den Klang des Instruments nachahmt.
Plan, plan, plan, plin, plin, plin. Miserables Wetter,
um eine Laute zu stimmen. Plin, plin, plin, plin, tan,
plan, plin, plan. Bei dem Wetter hält keine Saite. Plin,
plin. Da höre ich Lärm: ich will meine Laute an die
Tür lehnen.

Fünfter Auftritt
Polichinelle und Häscher, die die Runde machen.

EIN HÄSCHER *singt.* Wer da? Wer da?
POLICHINELLE *leise.* Was, Teufel, will der? Ist's
denn jetzt Mode, singend zu reden?
DER HÄSCHER. Wer da? Wer da? Wer da?
POLICHINELLE *erschrocken.* Ich, ich, ich.
DER HÄSCHER. Wer da? Wer da? frage ich Euch.
POLICHINELLE. Ich, ich, sage ich Euch.
DER HÄSCHER. Wer ist der Ich? Wer ist der Ich?
POLICHINELLE. Ich, ich, ich, ich, ich, ich.
DER HÄSCHER. Sprich, wie dein Name heißt, laß
dich nicht lange drängen.
POLICHINELLE *stellt sich sehr mutig.* Nun wohl,
mein Name heißt: Geh, laß dich hängen.
DER HÄSCHER.
Kommt alle her! Greift mir den Wicht,
Der so verwegen mit mir spricht!

Erster Ballett-Auftritt
*Die ganze Scharwache kommt und sucht Polichinelle,
im Dunkeln tanzend.*

MUSIK UND TANZ.
POLICHINELLE. Wer da?

MUSIK UND TANZ.

POLICHINELLE. Gebt Antwort. Was für Lärmen hör' ich?

MUSIK UND TANZ.

POLICHINELLE. He!

MUSIK UND TANZ.

POLICHINELLE.
Holla, ihr Lakai'n! Ich will, das schwör' ich
Bei Höll' und Tod, euch alle niederschießen!

MUSIK UND TANZ.

POLICHINELLE. Champagne, Poitevin, Picard, Basque, Breton –

MUSIK UND TANZ.

POLICHINELLE. Bring einer mir den Mousqueton!

MUSIK UND TANZ *die Häscher noch immer im Finstern.*

POLICHINELLE *stellt sich, als ob er eine Pistole abschösse, und schreit.* Bumm!

DIE HÄSCHER *erschrecken und laufen davon.*

Sechster Auftritt

POLICHINELLE. Hahahaha! – Wie habe ich die Kerle erschreckt! Ist das dummes Volk, das sich vor mir fürchtet, derweil ich mich selbst vor ihnen fürchtete! Meiner Treu', mit List setzt man alles in der Welt durch. Wenn ich nicht den großen Herrn gespielt und mich wie ein Eisenfresser gebärdet hätte, so war ich geliefert und sie hätten mich erwischt. Hahahaha!

DIE HÄSCHER *sind wieder herangeschlichen, haben seine letzten Worte gehört und nehmen ihn beim Kragen.*

Siebenter Auftritt
Polichinelle. Die Häscher.

DIE HÄSCHER *singend.*
Wir halten ihn, kommt jetzt heran,
Und leuchtet mir dem Burschen ins Gesicht.
Die ganze Scharwache kommt mit Laternen.

Achter Auftritt
Polichinelle. Die Häscher singend und tanzend.

DIE HÄSCHER.
Du Lump! Du Schurke! Du Erzbösewicht,
Ruchloser Dieb, verdammter Molch,
Du wagst uns zu erschrecken, Strolch?
POLICHINELLE. Ihr Herren, ich war vom Wein ein
wenig munter.
DIE HÄSCHER.
Nein, nein, wir glauben dir kein Wort;
Du triebst es sonst noch immer bunter:
Ins Loch mit ihm! Schnell führt ihn fort!
POLICHINELLE. Ich bin ja kein Dieb, meine
Herren!
DIE HÄSCHER. Ins Loch!
POLICHINELLE. Ich bin ein Bürger aus der Stadt!
DIE HÄSCHER. Ins Loch!
POLICHINELLE. Was habe ich denn getan?
DIE HÄSCHER. Fort mit ihm ins Loch!
POLICHINELLE. Meine Herren, laßt mich gehn!
DIE HÄSCHER. Nein!
POLICHINELLE. Ich bitte schön.
DIE HÄSCHER. Nein.
POLICHINELLE. Ei!
DIE HÄSCHER. Nein!

POLICHINELLE. Aus Barmherzigkeit!

DIE HÄSCHER. Nein, nein.

POLICHINELLE. Meine Herren!

DIE HÄSCHER. Nein, nein, nein.

POLICHINELLE. Wenn ihr so gut sein wolltet –

DIE HÄSCHER. Nein, nein.

POLICHINELLE. Habt die Gnade!

DIE HÄSCHER. Nein, nein!

POLICHINELLE. Um des Himmels willen!

DIE HÄSCHER. Nein, nein!

POLICHINELLE. Seid barmherzig!

DIE HÄSCHER.

Nein, nein, wir glauben dir kein Wort;
Du triebst es sonst noch immer bunter.
Ins Loch mit ihm, schnell führt ihn fort.

POLICHINELLE. Ach! Gibt es denn nichts, meine
Herren, was eure Herzen zu rühren vermöchte?

DIE HÄSCHER.

's ist nicht so schwer, uns zu erweichen;
Ihr könnt Euch leicht mit uns vergleichen.

Gebt heimlich und verstohlen
Als Trinkgeld für uns alle sechs Pistolen;
Dann mögt Ihr gehn, wohin es Euch gefällt.

POLICHINELLE. Ach, meine Herren, mein Kopf
kann's nicht euch, ich habe keinen Heller bei mir.

DIE HÄSCHER.

Wenn's Euch an Pistolen fehlt,
Nun so sprecht, was ist Euch lieber:
Vierundzwanzig Nasenstüber?
Oder richtig aufgezählt
Mit dem Stock ein Dutzend Streiche?

POLICHINELLE. Wenn's denn nicht anders sein
kann, und ich durchaus dran muß, so wähle ich die
Nasenstüber.

DIE HÄSCHER.
Gut denn, so gebt wohl acht,
Und zählt die Schnippchen mit Bedacht.

Zweiter Ballett-Auftritt
DIE HÄSCHER *tanzen und geben ihm die*
Nasenstüber nach dem Takte der Musik.
POLICHINELLE. Eins und zwei, drei und vier, fünf
und sechs, sieben und acht, neun und zehn, elf und
zwölf, dreizehn, vierzehn und fünfzehn ...
DIE HÄSCHER.
Seht nur, wie schlau er zählen kann;
Fangt gleich von vorne wieder an.
POLICHINELLE. Ach, meine Herren, mein Kopf
kann's nicht länger aushalten, ihr habt ihn schon so
weich gemacht wie einen gebratenen Apfel. Da will
ich doch lieber die Stockschläge, als nochmals
anzufangen.
DIE HÄSCHER.
Gut! Wenn der Stock so reizend für dich ist,
So nimm, wonach du lüstern bist.

Dritter Ballett-Auftritt
DIE HÄSCHER *tanzen und geben ihm Stockschläge*
nach dem Takte der Musik.

POLICHINELLE *zählt die Schläge.* Eins, zwei, drei,
vier, fünf, sechs ... Au! Au! Au! Ich halt's nicht länger
aus! Hier, meine Herren, nehmt, da sind sechs
Pistolen.
DIE HÄSCHER.
Nobles Gemüt! Spendabler Silberquell!
Lebt wohl, Signor! Lebt wohl, Signor Polichinelle!

POLICHINELLE. Meine Herren, ich wünsche euch eine gute Nacht!
DIE HÄSCHER. Lebt wohl, Signor; lebt wohl, Signor Polichinelle.
POLICHINELLE. Euer Diener!
DIE HÄSCHER. Lebt wohl, Signor; lebt wohl, Signor Polichinelle.
POLICHINELLE. Untertänigster Knecht!
DIE HÄSCHER. Lebt wohl, Signor; lebt wohl, Signor Polichinelle.
POLICHINELLE. Auf Wiedersehn.

Vierter Ballett-Auftritt
DIE HÄSCHER *bezeigen tanzend ihre Freude über das empfangene Geld.*

Zweiter Aufzug

Erster Auftritt
Cleanthe. Toinette.

TOINETTE *die Cleanthe nicht gleich wieder erkennt.* Was wünscht Ihr, mein Herr?
CLEANTHE. Was ich wünsche?
TOINETTE. Ach! Ihr seid's? Welche Überraschung! Aber was führt Euch hierher?
CLEANTHE. Ich will mein Schicksal erfahren, will mit der schönen Angelique sprechen, ihre Herzensmeinung vernehmen und von ihr hören, was sie wegen der verhaßten Heirat beschließt, von der man mir gesagt hat.
TOINETTE. Das ist alles recht schön; aber mit Angelique läßt sich nicht so ohne weiteres sprechen;

das muß heimlich geschehen. Ihr wißt, wie strenge sie bewacht wird daß sie weder ausgehen noch mit jemand reden darf, und daß nur die Neugier einer alten Tante uns die Erlaubnis verschaffte, jenes Schauspiel zu besuchen, wo sich eure Liebe entspann: und wir haben uns wohl gehütet, von diesem Abenteuer zu reden.

CLEANTHE. Ich komme ja auch nicht als Cleanthe oder als ihr Liebhaber her, sondern als der Freund ihres Musikmeisters, der mir erlaubt hat, mich als seinen Stellvertreter melden zu dürfen.

TOINETTE. Da kommt ihr Vater. Zieht Euch ein wenig zurück, damit ich ihm sage, daß Ihr hier seid.

Zweiter Auftritt
Argan. Toinette.

ARGAN *ohne Toinette zu sehen.* Herr Purgon hat mir verordnet, ich solle nach dem Frühstück zwölfmal in meinem Zimmer auf und nieder gehen; aber ich habe vergessen ihn zu fragen, wie er's gemeint hat, ob in der Länge oder in der Breite.

TOINETTE. Herr Argan, da ist ...

ARGAN. Sprich doch sachte, du nichtsnutziges Ding! – Du hast mir das ganze Gehirn erschüttert und bedenkst nicht, daß man mit Kranken nicht so laut reden darf!

TOINETTE. Ich wollte Euch nur melden ...

ARGAN. Sachte, sage ich dir.

TOINETTE. Herr Argan ... *Sie tut, als ob sie spräche.*

ARGAN. He?

TOINETTE. Ich sage ... *Sie tut wieder, als ob sie spräche.*

ARGAN. Was sagst du?

TOINETTE *laut.* Ich sage, daß jemand da ist, der Euch sprechen will.

ARGAN. Er soll kommen.

TOINETTE *winkt Cleanthe, zu kommen.*

Dritter Auftritt

Argan. Cleanthe. Toinette.

CLEANTHE. Mein Herr ...

TOINETTE *zu Cleanthe.* Sprecht nicht so laut, Ihr könntet sonst Herrn Argans Gehirn erschüttern.

CLEANTHE. Mein Herr, ich bin sehr erfreut, Euch außer dem Bett zu finden und zu sehn, daß es Euch besser geht.

TOINETTE *stellt sich erzürnt.* Was! Daß es ihm besser geht? – Das ist falsch; Herr Argan befindet sich immer schlecht.

CLEANTHE. Ich hatte gehört, es ginge Herrn Argan besser; und ich finde, er sieht sehr gut aus.

TOINETTE. Was wollt Ihr nur mit Eurem guten Aussehen? Herr Argan sieht sehr schlecht aus, und wer Euch gesagt hat, es ginge ihm besser, ist ein einfältiger Mensch gewesen. Er hat sich noch nie so unwohl gefühlt.

ARGAN. Da hat sie recht.

TOINETTE. Er geht, schläft, ißt und trinkt wie jeder andere; aber demungeachtet ist er sehr krank.

ARGAN. Das ist wahr.

CLEANTHE. Mein Herr, das tut mir unendlich leid. Mich schickt der Gesanglehrer Eurer Fräulein Tochter: er hat auf einige Tage über Land reisen müssen, und da ich sein genauer Freund bin, schickt er mich statt seiner, um ihre Lektionen fortzusetzen, damit sie nicht wegen der Unterbrechung vergesse, was sie schon weiß.

ARGAN. Gut! – *Zu Toinette.* Rufe Angelique.

TOINETTE. Wäre es nicht besser, wenn ich den Herrn auf ihr Zimmer führte?

ARGAN. Nein! Sie soll herkommen.

TOINETTE. Er kann ihr keine ordentliche Stunde geben, wenn er nicht allein mit ihr ist.

ARGAN. Doch, doch!

TOINETTE. Herr Argan, das wird Euch nur den Kopf einnehmen: in Eurem jetzigen Zustand bedarf es nur einer Kleinigkeit, um Euch aufzuregen und Euer Gehirn zu erschüttern.

ARGAN. Nein, nein; ich höre gern Musik, und es sollte mir lieb sein ... Ah, da kommt sie schon. *Zu Toinette.* Geh hinein, du, und sieh zu, ob meine Frau schon angezogen ist.

Vierter Auftritt
Argan. Angelique. Cleanthe.

ARGAN. Komm, mein Kind. Dein Gesanglehrer hat eine Reise über Land gemacht, und hier ist jemand, den er statt seiner herschickt, um dir Unterricht zu geben.

ANGELIQUE *erkennt Cleanthe.* O Himmel ...

ARGAN. Was hast du? Warum bis du so erschrocken?

ANGELIQUE. Es ist ...

ARGAN. Was denn? Was hat dich so aufgeregt?

ANGELIQUE. Es ist ein ganz eigenes merkwürdiges Zusammentreffen, lieber Vater, das sich hier begibt.

ARGAN. Wieso?

ANGELIQUE. Mir träumte diese Nacht, ich wäre in der entsetzlichsten Angst, und da erschien jemand, der gerade so aussah wie dieser Herr; ich rief ihn um

Hilfe an, und er befreite mich aus meiner Not. Ich erstaunte also natürlich sehr, als ich ganz unvermutet meinen Retter vor mir sah, den ich die ganze Nacht vor Augen gehabt hatte.

CLEANTHE. Wer, sei es schlafend, sei es wachend, Eure Gedanken beschäftigt, darf wahrhaftig nicht klagen; und ich würde mich glücklich preisen, wenn Ihr Euch in irgendeiner Verlegenheit befändet und wolltet Euch herablassen, meinen Beistand anzunehmen. Gewiß, es gibt in der Welt nichts, was ich nicht täte ...

Fünfter Auftritt
Argan. Angelique. Cleanthe. Toinette.

TOINETTE *zu Argan.* Meiner Treu', Herr Argan, heut halt' ich's mit Euch und nehme alles zurück, was ich gestern gesagt habe. Eben kommen Herr Diafoirus Vater und Herr Diafoirus Sohn und wollen ihren Besuch machen. Ei, da werdet Ihr ja herrlich beeidamt sein! Gleich sollt Ihr den wohlgebautesten und gescheitesten jungen Menschen kennenlernen, den Ihr Euch vorstellen könnt. Er sagte mir nur zwei Worte, die mich ganz entzückt haben, und Eure Tochter wird von ihm bezaubert sein.

ARGAN *zu Cleanthe, der sich stellt, als ob er weggehen wolle.* Bleibt doch, mein Herr. Ich verheirate meine Tochter; und jetzt eben bringt man mir ihren Bräutigam, den sie noch nicht gesehen hat.

CLEANTHE. Ihr erzeigt mir die größte Ehre, mein Herr, indem Ihr mir erlaubt, von einer so angenehmen Begegnung Zeuge sein zu dürfen.

ARGAN. Es ist der Sohn eines geschickten Arztes, und in vier Tagen soll die Hochzeit sein.

CLEANTHE. Ich gratuliere.

ARGAN. Schreibt doch Eurem Musikmeister ein paar Worte, damit er zur Hochzeit komme.

CLEANTHE. Ich werde nicht ermangeln.

ARGAN. Ihr seid auch eingeladen.

CLEANTHE. Ihr erzeigt mir eine besondere Ehre.

TOINETTE. Geschwind, macht Platz; sie kommen.

Sechster Auftritt

Herr Diafoirus. Thomas Diafoirus. Argan. Angelique. Cleanthe. Toinette. Zwei Lakaien.

ARGAN *legt die Hand an seine Schlafhaube, ohne sie abzunehmen.* Herr Purgon, mein werter Herr, hat mir verboten, den Kopf zu entblößen. Ihr gehört zur Zunft, Ihr wißt, was das für Folgen haben könnte.

HERR DIAFOIRUS. Es ist die Aufgabe aller unserer Besuche, den Kranken Hilfe zu bringen, nicht ihnen schädlich zu werden.

Argan und Herr Diafoirus sprechen alles Folgende zugleich.

ARGAN. Mein Herr, ich empfange ...

HERR DIAFOIRUS. Mein Herr, wir kommen ...

ARGAN. Die Ehre, die Ihr mir erzeigt ...

HERR DIAFOIRUS. Mein Sohn Thomas und ich ...

ARGAN. Mit größtem Vergnügen ...

HERR DIAFOIRUS. Um Euch zu versichern ...

ARGAN. Und hätte gewünscht ...

HERR DIAFOIRUS. Wie sehr wir erfreut sind ...

ARGAN. Ich hätte zu Euch kommen können ...

HERR DIAFOIRUS. Über die Gunst, die Ihr uns erweist ...

ARGAN. Um es Euch auszusprechen ...

HERR DIAFOIRUS. Indem Ihr uns die Ehre antut ...

ARGAN. Aber Ihr wißt, mein Herr ...

HERR DIAFOIRUS. Euch mit uns, mein Herr ...

ARGAN. Wie's mit einem armen Patienten beschaffen ist...

HERR DIAFOIRUS. Befreunden zu wollen ...

ARGAN. Der nichts anderes tun kann ...

HERR DIAFOIRUS. Und Euch zu beteuern ...

ARGAN. Als Euch hier zu sagen ...

HERR DIAFOIRUS. Daß wir in allem, was in unser Fach einschlägt ...

ARGAN. Daß er jede Gelegenheit aufsuchen wird ...

HERR DIAFOIRUS. Sowohl als in andern Dingen ...

ARGAN. Euch zu versichern, mein Herr Doktor ...

HERR DIAFOIRUS Allzeit bereit und willig sein werden...

ARGAN. Daß er gänzlich zu Euern Diensten steht.

HERR DIAFOIRUS. Euch unsern Diensteifer zu bezeigen. *Zu Thomas.* Tritt jetzt vor, Thomas, und begrüße die Herrschaften.

THOMAS DIAFOIRUS *zu seinem Vater.* Muß ich nicht beim Vater anfangen?

HERR DIAFOIRUS. Ja.

THOMAS DIAFOIRUS. Mein Herr, ich begrüße, erkenne, liebe und verehre in Euch einen zweiten Vater; aber einen zweiten Vater, dem ich auszusprechen mich erkühne, daß ich ihm mehr schulde, als dem ersten. Der erste hat mich erzeuget, aber Ihr habt mich erwählet; jener hat mich aus Notwendigkeit empfangen, Ihr habt mich aus Gnade angenommen. Was ich von ihm habe, ist ein Werk seines Körpers; was ich aber von Euch erhoffe, ist ein Werk Eures Willens: und um so viel höher die Kräfte des Geistes über denen des Körpers stehen, um so viel mehr bin ich Euch verpflichtet, und um so kostbarer ist mir die bevorstehende Kindschaft, um derentwillen ich Euch heut im voraus meinen gehorsamsten und alleruntertänigsten Respekt zu vermelden komme.

TOINETTE. Es leben die Schulbänke, auf denen man ein so gelehrter Mann wird!

THOMAS DIAFOIRUS *zu Herrn Diafoirus.* War's so recht, Herr Vater?

HERR DIAFOIRUS. Optime.

ARGAN *zu Angelique.* Geh, mach dem Herrn dein Kompliment.

THOMAS DIAFOIRUS. Muß ich küssen?

HERR DIAFOIRUS. Ei ja.

THOMAS DIAFOIRUS *zu Angelique.* Geehrteste Frau Schwiegermutter ...

ARGAN *zu Thomas Diafoirus.* Das ist nicht meine Frau; Ihr sprecht mit meiner Tochter.

THOMAS DIAFOIRUS. Wo ist sie denn?

ARGAN. Sie wird gleich kommen.

THOMAS DIAFOIRUS *zu Herrn Diafoirus.* Soll ich warten, bis sie kommt, Herr Vater?

HERR DIAFOIRUS. Mach' einstweilen dem Fräulein dein Kompliment.

THOMAS DIAFOIRUS. Mein Fräulein! Nicht mehr noch weniger als das Standbild des Memnon einen harmonischen Laut erklingen ließ, wenn es von den Strahlen der Sonne berührt ward; gleichergestalt fühle ich mich von einer angenehmen Regung entzückt, wenn die Sonne Eurer Schönheit mir aufgeht. Und gleichwie die Naturforscher beobachtet haben wollen, daß die unter dem Namen Sonnenblumen bekannte Staude ihr Haupt ohne Unterlaß dem Tagesgestirn zuwendet, also wird auch mein Herz von nun an sich den glänzenden Sternen

Eurer anbetungswürdigen Augen als seinem einzigen Pol zuwenden. Erlaubt dannenhero, mein Fräulein, daß ich heut auf dem Altar Eurer Reize die Opfergabe dieses Herzens niederlege, welches nach keinem andern Ruhm strebt und schmachtet, als zeit seines Lebens zu verbleiben, verehrtes Fräulein, Euer gehorsamster, untertänigster und allergetreuster Diener und Ehegatte.

TOINETTE. Da kann man sehn, was es heißt, studiert zu haben! Man lernt doch schöne Dinge vorbringen!

ARGAN *zu Cleanthe*. He! Was sagt Ihr dazu?

CLEANTHE. Ich finde alles wundervoll; und wenn Herr Diafoirus ein so guter Arzt als großer Redner ist, so muß es ein Vergnügen sein, von ihm behandelt zu werden.

TOINETTE. Das wollte ich meinen. Wenn er so schöne Kuren macht, als er schön spricht, so muß er es weit bringen.

ARGAN. Geschwind, setzt meinen Lehnstuhl her und Sessel für die ganze Gesellschaft. *Die beiden Lakaien bringen Stühle.* Setze dich hierher, meine Tochter. *Zu Herrn Diafoirus.* Ihr seht, mein Herr Doktor, daß jedermann Herrn Thomas bewundert; und ich finde Euch sehr glücklich, einen solchen Sohn zu besitzen.

HERR DIAFOIRUS. Mein Herr, ich sage das nicht, weil es mein Sohn ist; aber ich kann mit Wahrheit versichern, daß ich alle Ursache habe, mit ihm zufrieden zu sein, und daß, wer ihn kennt, ihn als einen jungen Menschen rühmt, an dem keine böse Ader ist. Er hat niemals sehr viel Einbildungskraft blicken lassen und ebensowenig den lebhaften Geist, den man an einigen seiner Altersgenossen bemerkt; aber eben deshalb habe ich immer eine um so bessere Meinung von seiner Urteilskraft gehabt, die für unsern Beruf das erste Erfordernis ist. Als er noch klein war, ist er nie, was man so nennt, aufgeweckt oder durchtrieben gewesen; man sah ihn allezeit still, friedfertig und schweigsam; er sprach kein Wort und spielte auch nie die kleinen Spiele, die dem kindischen Alter zu gefallen pflegen. Wir hatten die größte Mühe, ihn lesen zu lehren; als er neun Jahre alt war, kannte er noch keine Buchstaben. Gut, sagte ich zu mir selbst; die langsam wachsenden Bäume tragen die besten Früchte. Man schreibt mit größerer Mühe in den Marmor als in den Sand; aber die Schrift hält auch länger aus, und diese Trägheit des Verstandes, diese Schwerfälligkeit der Einbildungskraft sind der beste Beweis für ein zukünftiges gesundes Urteil. Als ich ihn auf das Gymnasium schickte, ward es ihm anfangs sauer; aber er kämpfte gegen die Schwierigkeiten, und seine Lehrer rühmten mir immer seinen Fleiß und seine Ausdauer. So ist er denn endlich durch stetes Hämmern auf das Eisen so weit gekommen, daß er Lizentiam erhalten; und ich kann ohne Eitelkeit beteuern, daß in den zwei Jahren, seit er auf den Bänken sitzt, kein Kandidat vorgekommen ist, der sich in allen Disputationen unsrer Fakultät so hervorgetan hat als er. Er hat sich recht furchtbar gemacht, und es wird kein einziger Aktus gehalten, wo er nicht auf Tod und Leben wider die gegnerische Proposition streitet. Er ist firm im Disputieren, stark wie ein Türke in seinen Grundsätzen, geht nie von seiner Behauptung ab und verfolgt ein Argument bis in die innersten Schlupfwinkel der Logik. Was mir aber vor allem andern an ihm gefällt, und worin er meinem Exempel folgt, das ist, daß er blindlings an den Ansichten unsrer Alten festhält, und daß er von den modernen Experimenten, die den Umlauf des Bluts und andre Schwindeleien von gleichem Schlage beweisen sollen, nie das mindeste hat wissen oder nur darauf hören wollen.

THOMAS DIAFOIRUS *zieht eine große zusammengerollte Disputation aus der Tasche, die er Angelique überreicht.* Ich habe gegen die Anhänger des Umlaufs eine These verteidigt, welche ich mit der Erlaubnis Dero Herrn Vaters dem Fräulein zu überreichen mich erdreiste als pflichtschuldiges Opfer der Erstlinge meines Studiums.

ANGELIQUE. Mein Herr, das ist für mich ein nutzloser Gegenstand; ich verstehe mich auf solche Dinge nicht.

TOINETTE *nimmt die Disputation.* Gebt nur her, gebt nur her: es ist ein Bild darauf, das kann man immer brauchen. Wir wollen sie an die Wand hängen.

THOMAS DIAFOIRUS *indem er dem Herrn Argan wieder eine Referenz macht, gleichfalls.* Mit Dero Herrn Vaters Erlaubnis invitiere ich Euch dem nächst auch, mein Fräulein, daß Ihr einen dieser nächsten Tage zu Eurer Ergötzlichkeit der Obduktion einer Frauensperson beiwohnen wollt, über welche ich einen Vortrag halten werde.

TOINETTE. Die Ergötzlichkeit wird recht unterhaltend sein. Der und jener führt seine Dame ins Schauspiel; aber auf eine Sektion einzuladen ist weit galanter.

HERR DIAFOIRUS. Was übrigens diejenigen Qualitäten anlangt, die für den Ehestand und die Propagation erforderlich sind, so bezeuge ich, daß er nach den Regeln unsrer Doktoren durchaus nach Wunsch beschaffen ist; daß er die zur Prolifikation erforderliche Tüchtigkeit in einem löblichen Grade besitzt und sich desjenigen Temperaments erfreut, welches zur Hervorbringung und Prokreation wohlkonditionierter Kinder verlangt wird.

ARGAN. Ist es nicht Eure Absicht, Herr Doktor, ihn bei Hof anzubringen und eine Stelle als Leibarzt für ihn zu sollizitieren?

HERR DIAFOIRUS. Wenn ich aufrichtig reden soll, so ist mir unsre Praxis bei den Großen nie sehr annehmlich erschienen, und ich habe immer gefunden, wir täten besser, nur dem Publikum anzugehören. Das Publikum ist bequem: da ist man niemand Rechenschaft von seinen Handlungen schuldig, und wer nur dem Strom der hergebrachten Regeln folgt, braucht sich um nichts zu kümmern, was allenfalls draus entstehn kann. Bei den Großen dagegen ist der Übelstand, daß sie schlechterdings von ihrem Arzt kuriert sein wollen, wenn sie krank geworden sind.

TOINETTE. Wie kann man denn auch das noch von euch Ärzten verlangen, daß ihr eure Patienten herstellen sollt! Dazu seid ihr ja gar nicht da: ihr habt nur eure Rezepte zu schreiben und euer Honorar einzustreichen, ob sie gesund werden, ist ihre Sache.

HERR DIAFOIRUS. Das ist ganz richtig. Wir sind nur verpflichtet, die Leute nach der vorgeschriebenen Form zu behandeln.

ARGAN *zu Cleanthe.* Mein Herr, laßt doch meine Tochter ein wenig vor der Gesellschaft singen.

CLEANTHE. Ich wartete nur auf Euern Befehl, mein Herr; und mir fällt eben ein, ich könnte, um die Gesellschaft zu unterhalten, eine Szene aus der neuen kleinen Oper, die jetzt aufgeführt wird, mit dem Fräulein singen. *Zu Angelique.* Seht, hier ist Eure Stimme.

ANGELIQUE. Ich ...

CLEANTHE *leise zu Angelique.* Weigert Euch nicht, wenn ich bitten darf, und erlaubt mir, Euch zu erklären, was in der Szene vorgeht, die wir singen sollen. *Laut.* Ich habe zwar wenig Stimme, aber hier ist es genug, wenn ich mich verständlich mache; und man wird die Güte haben, mich zu entschuldigen, weil ich dadurch das Fräulein veranlasse zu singen.

ARGAN. Sind die Verse schön?

CLEANTHE. Es ist recht eigentlich eine kleine Oper aus dem Stegreif, und Ihr werdet nichts andres singen hören als eine rhythmische Prosa, wie Leidenschaft und Notwendigkeit sie zwei Liebenden diktieren, die ihren Dialog erfinden.

ARGAN. Schön. Hören wir's mit an.

CLEANTHE. Die Situation ist also diese: Ein Schäfer hörte aufmerksam einem soeben beginnenden Schauspiel zu, als er durch laute Worte in seiner Nähe gestört ward: er sieht sich um und gewahrt einen rohen Menschen, der durch unziemliche Reden eine Schäferin beleidigt. Er nimmt sich sofort eines Geschlechts an, dem alle Männer Achtung schuldig sind, und nachdem er den frechen Buben für seine Ungebühr gezüchtigt, naht er sich der Schäferin, und erblickt ein junges Mädchen, deren schönen Augen Tränen entströmen, die ihm die schönsten der Welt dünken. Ach, denkt er, war's denn möglich, ein so liebenswürdiges Wesen zu kränken? Welcher Unmensch, welcher Barbar würde nicht durch solche Tränen gerührt werden? Er bemüht sich, diese Tränen, die ihm so schön dünken, zu hemmen; und zu gleicher Zeit bemüht sich die liebenswürdige Schäferin, ihm für seinen geringen Dienst zu danken; aber in so reizender, zarter und beweglicher Weise, daß der Schäfer ihr nicht widerstehen kann; denn jedes Wort, jeder Blick ist ein brennender Pfeil, der sein Herz entzündet. Gibt es wohl etwas, sagt er sich, das die entzückenden Worte eines solchen Danks verdienen kann? Und was täte man nicht, welche

Dienste, welche Gefahren suchte man nicht freudig auf, um sich, wenn auch nur für einen Augenblick, den süßen Lohn eines solchen Danks zu gewinnen? Das Schauspiel geht vorüber, ohne daß er im mindesten darauf achtet; er aber bedauert, daß es so kurz war, weil sein Ende ihn von der geliebten Schäferin trennt; und von jenem ersten Anblick, von jenem ersten Moment an empfindet er die volle Heftigkeit einer jahrelangen Leidenschaft. Er fühlt alle Qualen der Abwesenheit; er ist unglücklich, die Heißgeliebte, die er so wenig gesehn, nicht mehr zu sehn. Er tut, was ihm irgend möglich ist, um sich den Anblick, dessen Bild ihn Tag und Nacht nicht mehr verläßt, noch einmal zu verschaffen; aber der Zwang, in welchem man seine Schäferin hält, wehrt ihm jede Möglichkeit. Die Heftigkeit seiner Leidenschaft bringt ihn zum Entschluß, um die Hand der angebeteten Schönen anzuhalten, ohne die er nicht mehr leben kann, und ein Briefchen an sie, das er durch eine List in ihre Hände zu bringen weiß, verschafft ihm ihre Einwilligung zu diesem Schritt. Zu gleicher Zeit aber erfährt er, daß der Vater der Schönen ihre Heirat mit einem andern beschlossen hat, und daß schon alle Anstalten zur Hochzeit getroffen werden. Welcher grausame Schlag für das Herz des armen Schäfers! Nun überwältigt ihn ein tödlicher Schmerz; er kann die entsetzliche Vorstellung nicht ertragen, seine Geliebte in den Armen eines andern zu sehn; und seine verzweifelnde Leidenschaft läßt ihn ein Mittel ersinnen, sich in das Haus seiner Schäferin einzuschleichen, um zu hören, was sie beschlossen hat, um das Schicksal, das ihm bevorsteht, zu vernehmen. Er begegnet daselbst den Vorbereitungen zu dem, was er über alles fürchtet; er sieht den unwürdigen Nebenbuhler, den die Laune eines Vaters seiner zärtlichen Liebe entgegenstellt; er sieht den Triumph dieses lächerlichen Rivalen, der seinen Sieg schon für gesichert hält, und dieser Anblick erfüllt ihn mit einem Zorn, den er kaum beherrschen kann. Er wirft schmerzliche Blicke auf seine Geliebte; seine Ehrerbietung sowie die Gegenwart ihres Vaters hindern ihn, anders als durch die Augen mit ihr zu reden: endlich aber wirft er jeden Zwang ab, und die Heftigkeit seiner Liebe bewegt ihn, folgende Worte an sie zu richten: *Er singt.*

Mein Lied ist allzu herbe,
O schöne Phillis; deshalb brich dein Schweigen.
Ich will in Demut deinem Spruch mich neigen;
Darf ich noch hoffen? Willst du, daß ich sterbe?
ANGELIQUE *singt.*
Tircis, du siehst, wie mich der Gram verzehrt,
Wie der verhaßte Bund an meinem Herzen nagt.
Zum Himmel bilck' ich, seh' dich an und seufze;
Ist das noch nicht genug gesagt?
ARGAN. Sapperment! Ich dachte nicht, daß meine Tochter so geschickt wäre und so frischweg vom Blatt singen könnte, ohne zu stocken.
CLEANTHE.
Ach Phillis, schönste Schäferin,
Darf dein getreuer Tircis hoffen,
Ihm steh' ein Platz in deinem Herzen offen?
Ist's wahr, daß ich so glücklich bin?
ANGELIQUE.
Dein bin ich, dein für alle Zeit;
Dir, Tircis, hab' ich ganz mein Herz geweiht,
Ich liebe, ja ich liebe dich.
CLEANTHE.
O holde Worte, wie entzückt ihr mich!
Hört' ich auch recht die süße Harmonie?

Noch einmal wiederhole sie!

ANGELIQUE. Ja, Tircis, ja, ich liebe dich.

CLEANTHE. O noch einmal!

ANGELIQUE. Ich liebe dich!

CLEANTHE.
Noch hundert Male wiederhol', o Phillis,
Noch tausend Male dein Geständnis mir.

ANGELIQUE.
Ich liebe dich, ich liebe dich,
Ja, Tircis, ewig lieb' ich dich.

CLEANTHE.
Die ihr die Welt mit ihren Königreichen
Zu euren Füßen seht,
Ihr Götter, ist eu'r Glück dem meinen zu vergleichen?
Nur ein Gedanke trübt
Die Wonne dieser sel'gen Stunde;
Mein Nebenbuhler ...

ANGELIQUE.
Ach, ich hass' ihn mehr
Als selbst den Tod, und seine Gegenwart
Ist mir wie Euch die größte aller Qualen.

CLEANTHE.
Doch eines Vaters ernstem Dringen,
Wirst du ihm ewig widerstehn?

ANGELIQUE.
Und sollt' ich dran zugrunde gehn,
Nie wird es ihm gelingen,
Mich in dies Joch zu zwingen:
Im schlimmsten Fall, ich schwör's bei Ja und Nein,
Soll mich der Tod von solcher Schmach befrein.

ARGAN. Und was sagt denn der Vater zu dem allen?

CLEANTHE. Der sagt nichts.

ARGAN. Das ist aber ein recht einfältiger Vater, der alle solche Dummheiten mit ansieht, und nichts sagt!

CLEANTHE *will fortfahren zu singen.*

O Liebste ...

ARGAN. Nein, nein, das war gerade genug. Diese Oper gibt ein ganz schlechtes Beispiel. Der Schäfer Tircis ist ein zudringlicher Bursche, und die Schäferin Phillis eine unverschämte Dirne, daß sie das alles in Gegenwart ihres Vaters ausspricht. *Zu Angelique.* Zeig mir doch einmal das Blatt! Oho! Seht doch! wo sind denn die Worte, die du gesungen hast? – Da steht ja nichts drauf als geschriebene Noten?

CLEANTHE. Wißt Ihr denn nicht, mein Herr, daß man seit kurzem die Kunst erfunden hat, die Worte zugleich mit den Noten selbst zu schreiben?

ARGAN. Schon gut! Euer Diener, mein Herr, bis auf weiteres. Wir hätten Eure unanständige Oper ganz gut entbehren können.

CLEANTHE. Ich glaubte, Euch ein Vergnügen zu machen.

ARGAN. Solche Albernheiten machen mir kein Vergnügen. Ah, da kommt meine Frau.

Siebenter Auftritt
Belinde. Argan. Angelique. Herr Diafoirus. Thomas Diafoirus. Toinette.

ARGAN. Mein Lamm, das ist der Sohn des Herrn Diafoirus.

THOMAS DIAFOIRUS. Madame, ich begrüße Euch als Schwieger- und nicht als Stiefmutter, denn die Natur hat Euer schönes Gesicht so wenig stiefmütterlich behandelt ...

BELINDE. Mein Herr, es freut mich, zu rechter Zeit gekommen zu sein, um noch die Ehre zu haben, Euch zu sehn.

THOMAS DIAFOIRUS. Denn die Natur hat Euer schönes Gesicht – denn die Natur hat Euer schönes Gesicht – Madame, Ihr habt mich mitten in meiner Anrede unterbrochen, und das bringt mich ganz aus dem Konzept.

HERR DIAFOIRUS. Thomas, verschiebe dies auf ein andermal.

ARGAN. Ich wünschte, mein Engel, du wärst eben hier gewesen.

TOINETTE. Ah, Madame, Ihr habt sehr viel verloren, daß Ihr den zweiten Vater, das Standbild des Memnon und die unter dem Namen Sonnenblume bekannte Staude versäumt habt.

ARGAN. Nun frisch, meine Tochter, gib dem Herrn die Hand und versprich ihm deine Treue als deinem Ehegatten.

ANGELIQUE. Lieber Vater!

ARGAN. Nun? lieber Vater? Was soll denn das bedeuten?

ANGELIQUE. Um alles in der Welt willen, eilt nicht so mit der Sache. Gönnt uns wenigstens die Zeit, einander kennenzulernen und einer für den andern die Zuneigung zu gewinnen, die für eine glückliche Ehe notwendig ist.

THOMAS DIAFOIRUS. Was mich anlangt, mein Fräulein, so ist sie in mir schon vollständig vorhanden, und ich habe nicht nötig, erst noch darauf zu warten.

ANGELIQUE. Wenn Ihr so schnell damit fertig geworden seid, mein Herr, so ist das mit mir keineswegs der Fall, und ich gestehe Euch, daß Eure Verdienste noch keinen hinreichenden Eindruck auf mein Herz gemacht haben.

ARGAN. Pah, pah! Damit hat es noch alle Zeit, wenn ihr zusammen verheiratet sein werdet.

ANGELIQUE. O mein Vater, laßt mir ein wenig Zeit, darum bitte ich Euch dringend. Die Ehe ist eine Kette, die man einem Herzen nicht mit Gewalt anlegen darf; und wenn Herr Diafoirus ein rechtschaffener Mann ist, wird er eine Frau nicht wollen, die ihm nur durch Zwang gehören würde.

THOMAS DIAFOIRUS. Nego consequentiam, mein Fräulein. Ich kann ein rechtschaffener Mann sein, und Euch doch sehr gern aus der Hand Eures Vaters annehmen.

ANGELIQUE. Es ist das schlechteste Mittel von der Welt, sich Liebe dadurch erzwingen zu wollen, daß man Gewalt braucht.

THOMAS DIAFOIRUS. Wir lesen von den Alten, mein Fräulein, daß ihre Gewohnheit war, die Jungfrauen, die sie zur Ehe nahmen, mit Gewalt aus dem Hause ihrer Väter zu entführen, damit es nicht den Anschein haben solle, als ob sie freiwillig in die Arme eines Mannes flögen.

ANGELIQUE. Die Alten, mein Herr, sind die Alten; und wir sind Menschen aus der Jetztzeit. Solche Zierereien sind in unserm Jahrhundert nicht mehr nötig; und wenn eine Heirat uns gefällt, verstehn wir sehr gut, an den Altar zu gehn, ohne daß man uns hinschleppt. Faßt Euch in Geduld, mein Herr; wenn Ihr mich liebt, müßt Ihr alles wollen, was ich will.

THOMAS DIAFOIRUS. Ja, mein Fräulein; nur mit Ausnahme der Interessen dieser meiner Liebe selbst.

ANGELIQUE. Der größte Beweis von Liebe ist aber doch, sich dem Willen der Geliebten zu unterwerfen.

THOMAS DIAFOIRUS. Distinguo, mein Fräulein. In allem, was sich nicht auf ihren Besitz bezieht, concedo. Insofern es aber diesen betrifft, nego.

TOINETTE *zu Angelique.* Ihr habt gut Gründe aufzustellen; der Herr kommt frisch gemahlen von der Universität und wird Euch nie eine Antwort schuldig bleiben. Wozu wollt Ihr Euch so lange sperren und Euch die Ehre entgehen lassen, der Fakultät anzugehören?

BELINDE. Sie hat vielleicht eine Liebschaft im Kopfe!

ANGELIQUE. Wenn das wäre, Frau Mutter, so würde sie der Art sein, daß Vernunft und Ehre sie mir erlaubten.

ARGAN. Meiner Treu', ich spiele bei dem allen eine kuriose Rolle!

BELINDE. Wenn ich wäre wie du, mein Söhnchen, so würde ich sie nicht zwingen, sich zu verheiraten; ich weiß wohl, was ich täte.

ANGELIQUE. Ich weiß, was Ihr sagen wollt, Frau Mutter, und wie gut Ihr's mit mir meint. Es wäre aber doch möglich, daß Eure Ratschläge nicht das Glück hätten, Gehör zu finden.

BELINDE. Das macht, weil ein so musterhaft verständiges und ehrbares Mädchen wie Ihr nichts danach fragt, Ihrem Vater gehorsam und seinem Willen untertänig zu sein. Das war ehemals gut.

ANGELIQUE. Die Pflichten einer Tochter, Frau Mutter, haben ihre Grenzen; und Vernunft und Gesetze dehnen sich nicht auf alles aus.

BELINDE. Das heißt, Ihr habt keinen andern Gedanken als zu heiraten, aber Ihr wollt Euch einen Mann nach Eurem eignen Gutdünken aussuchen.

ANGELIQUE. Wenn mir mein Vater nicht einen Mann geben will, der mir gefällt, so werde ich ihn wenigstens beschwören, mich nicht zu zwingen, einen zu nehmen, den ich nicht lieben könnte.

ARGAN. Meine Herren, ich bitte euch um Vergebung für alles, was hier vorgeht!

ANGELIQUE. Es hat jeder seinen Zweck, wenn er sich verheiratet. Ich, meinesteils, die einen Gatten nur will, um ihn wahrhaft zu lieben, und weil ich ihm mein ganzes Leben zu widmen gesonnen bin – ich gestehe, daß ich mit einiger Vorsicht dabei zu Werke gehe. Es gibt Mädchen, die einen Mann nehmen, nur um sich dem Joch ihrer Eltern zu entziehen und sich in den Stand zu setzen, alles zu tun, was ihnen gefällt. Dann gibt es andre, Frau Mutter, die aus der Ehe eine gewinnsüchtige Spekulation machen – die nur heiraten, um sich ein Wittum zu verschaffen, oder um sich durch den Tod ihrer Eheherrn zu bereichern, und die ohne Skrupel einen nach dem andern nehmen, den sie zu beerben hoffen. Solche Frauen brauchen freilich nicht so viel Umstände zu machen, und auf die Person kommt es ihnen wenig an.

BELINDE. Ihr kommt mir heut sehr spitzfindig vor, und ich möchte wissen, auf wen das alles zielen soll.

ANGELIQUE. Ich, Frau Mutter? – Was sollte ich wohl anders sagen wollen, als was ich sage?

BELINDE. Ihr seid so albern, mein Schatz, daß man's nicht länger mit Euch aushalten kann.

ANGELIQUE. Ihr möchtet mich gern dazu bringen, Frau Mutter, Euch eine Unart zu erwidern; aber ich versichere Euch, ich werde Euch dies Vergnügen nicht machen.

BELINDE. Eure Frechheit hat ihresgleichen nicht!

ANGELIQUE. Nein, Frau Mutter, Ihr mögt sagen, was Ihr wollt.

BELINDE. Und Ihr habt einen lächerlichen Stolz, ein überdreistes Selbstvertrauen, über das alle Welt die Achseln zuckt!

ANGELIQUE. Das alles hilft Euch zu nichts. Ich werde Euch zum Trotz schweigen; und um Euch die

Hoffnung zu benehmen, Ihr könntet Euern Vorsatz erreichen, will ich Euch aus den Augen gehn.

Achter Auftritt
Argan. Belinde. Herr Diafoirus. Thomas Diafoirus. Toinette.

ARGAN *ruft Angelique nach.* Höre jetzt, ein Drittes gibt's nicht: entweder du heiratest in vier Tagen diesen Herrn, oder du gehst in ein Kloster. *Zu Belinde.* Nimm dir's nur nicht zu Herzen; ich werde sie schon zur Vernunft bringen.
BELINDE. Es tut mir leid, dich zu verlassen, mein Söhnchen; aber ich habe etwas in der Stadt zu besorgen, was ich nicht aufschieben kann. Ich bin gleich wieder hier.
ARGAN. Geh, mein Lamm, und sprich bei deinem Notar vor, damit der das Bewußte fertig macht.
BELINDE. Adieu, mein Kleiner!
ARGAN. Adieu, mein Herzchen!

Neunter Auftritt
Argan. Herr Diafoirus. Thomas Diafoirus.

ARGAN. Das ist eine Frau! Gott, liebt mich die Frau! Es ist gar nicht zu glauben!
HERR DIAFOIRUS. Wir wollen uns Euch empfehlen, Herr Argan.
ARGAN. Ich bitte Euch, werter Herr, mir doch erst ein wenig zu sagen, wie Ihr mich findet.
HERR DIAFOIRUS. Jetzt frisch, Thomas, nimm Herrn Argans andern Arm und laß mich hören, ob du

ein richtiges Urteil über seinen Puls formulieren wirst. *Beide fühlen ihm den Puls.* Quid dicis?

THOMAS DIAFOIRUS. Dico, daß Herrn Argans Puls der Puls eines Mannes ist, der sich nicht wohl befindet.

HERR DIAFOIRUS. Gut!

THOMAS DIAFOIRUS. Daß dieser Puls duriusculus ist, um nicht zu sagen durus.

HERR DIAFOIRUS. Sehr gut.

THOMAS DIAFOIRUS. Stoßend!

HERR DIAFOIRUS. Bene.

THOMAS DIAFOIRUS. Ja sogar ein wenig bockend.

HERR DIAFOIRUS. Optime!

THOMAS DIAFOIRUS. Was denn auf eine Überfüllung in dem parenchymo splenico, will sagen der Milz, hindeutet.

HERR DIAFOIRUS. Sehr gut.

ARGAN. Nein, Herr Diafoirus; Herr Doktor Purgon behauptet, ich leide an der Leber.

HERR DIAFOIRUS. Nun ja: wer parenchymum sagt, sagt beides, wegen der innigen Sympathie, welche sie beide vermittels des vas breve, des pylori und mitunter auch des meatus cholidochi miteinander haben. Er verordnet Euch ohne Zweifel, hauptsächlich Gebratenes zu essen?

ARGAN. Nein, nichts als Gekochtes.

HERR DIAFOIRUS. Nun ja; Gebratenes oder Gekochtes, gleichviel. Er ist ganz auf dem rechten Wege, und Ihr konntet nicht in bessere Hände fallen.

ARGAN. Herr Doktor, wieviel Salzkörner muß ich in ein Ei tun?

HERR DIAFOIRUS. Sechs, acht oder zehn, immer nach geraden Zahlen; gleichwie bei Medikamenten nach ungeraden.

ARGAN. Auf Wiedersehen, mein Herr.

Zehnter Auftritt
Argan. Belinde.

BELINDE. Ehe ich ausgehe, mein Söhnchen, muß ich dir etwas mitteilen, das deine ganze Aufmerksamkeit verdient. Als ich bei deiner Tochter Angelique durchs Zimmer ging, sah ich einen jungen Mann, der eilig davonlief, sowie er mich erblickte.
ARGAN. Ein junger Mann bei meiner Tochter!
BELINDE. Ja. Deine Tochter Louison war auch dabei und kann dir davon erzählen.
ARGAN. Schicke sie mir her, mein Lamm, schicke sie mir her. Welche Frechheit! – *Allein.* Nun wundere ich mich nicht mehr über ihre Widerspenstigkeit.

Elfter Auftritt
Argan. Louison.

LOUISON. Was befehlt Ihr, lieber Papa? Meine Stiefmama hat mir gesagt, ich sollte zu Euch kommen.
ARGAN. Ja, komm einmal her – immer näher. Drehe dich herum; sieh mir ins Gesicht. He?
LOUISON. Was denn, lieber Papa?
ARGAN. Nun?
LOUISON. Was?
ARGAN. Hast du mir nichts zu sagen?
LOUISON. Soll ich Euch zum Zeitvertreib die Geschichte von der Eselshaut erzählen, oder vielleicht die Fabel vom Raben und dem Fuchs, die ich eben gelernt habe?
ARGAN. Die will ich nicht hören.
LOUISON. Was denn?

ARGAN. Oh, du kleine Spitzbübin, du weißt recht gut, was ich meine.

LOUISON. Ach nein, lieber Papa.

ARGAN. Ist das dein Gehorsam?

LOUISON. Was, lieber Papa?

ARGAN. Habe ich dir nicht befohlen, mir gleich alles wiederzusagen, was du sehen würdest?

LOUISON. Ja, lieber Papa.

ARGAN. Hast du das getan?

LOUISON. Ja, lieber Papa, ich habe Euch alles wiedergesagt, was ich gesehen habe.

ARGAN. Und hast du heute nichts gesehen?

LOUISON. Nein, lieber Papa.

ARGAN. Nicht?

LOUISON. Nein, lieber Papa.

ARGAN. Gewiß nicht?

LOUISON. Gewiß nicht.

ARGAN. So! – Nun, dann werde ich dir einmal etwas zeigen. *Er holt eine Rute.*

LOUISON. Ach, lieber Papa!

ARGAN. Aha! Kleine Hexe! – Du willst mir also nicht sagen, daß du im Zimmer deiner Schwester einen Mann gesehen hast?

LOUISON *weint.* Ach, Papa!

ARGAN *nimmt sie beim Arm.* Siehst du, das wird dich lügen lehren!

LOUISON *fällt auf die Knie.* Ach, lieber Papa, ich bitte um Verzeihung! Meine Schwester hatte mir verboten, es Euch zu sagen; aber ich will Euch alles erzählen.

ARGAN. Vorher werde ich dir aber die Rute geben, weil du gelogen hast. Hernach wollen wir weiter sehen.

LOUISON. Ach, liebster Papa, verzeiht mir!

ARGAN. Nein, nein!

LOUISON. Mein Herzenspapa, gebt mir nicht die Rute!

ARGAN. Die bekommst du!

LOUISON. Ums Himmels willen, Papa, nur nicht die Rute!

ARGAN *hebt die Rute auf.* Ohne Umstände!

LOUISON. Ach, Papa, Ihr habt mir einen Schaden getan. Wartet! – Ich sterbe. *Sie stellt sich tot.*

ARGAN. Herr Gott! Was ist denn das? Louischen! Louischen! – O mein Gott! – Louischen! Ach, ich Unglücklicher! Mein armes Kind ist tot! Was habe ich getan, ich elender Mann? Ach, die schändliche Rute! – Die verfluchte Rute! – Ach, mein armes Kind! – Mein gutes kleines Louischen!

LOUISON. Gebt Euch nur zufrieden, lieber Papa, weint nicht so sehr; ich bin noch nicht ganz tot.

ARGAN. Da sehe einer die kleine Spitzbübin! Nun, nun, für diesmal soll dir's verziehen sein, wenn du mir alles haarklein erzählst.

LOUISON. Ach, gern, lieber Papa.

ARGAN. Nimm dich aber wohl in acht, das rate ich dir, denn hier ist mein kleiner Finger, der alles weiß, und der sagt mir gleich, wenn du lügst.

LOUISON. Aber, lieber Papa, sagt es ja nicht meiner Schwester wieder, daß ich's Euch erzählt habe.

ARGAN. Nein, nein.

LOUISON *nachdem sie sich umgesehen hat, ob niemand horcht.* Es war so, lieber Papa: wie ich bei meiner Schwester war, kam ein Mann ins Zimmer –

ARGAN. Nun?

LOUISON. Den fragte ich, was er wollte, und da sagte er mir, er wäre ihr Musikmeister.

ARGAN. Hm! Hm! – Da haben wir's! – Nun?

LOUISON. Darauf kam meine Schwester –

ARGAN. Nun?

LOUISON. Und sagte zu ihm: Geht, geht, geht; um Gottes willen, geht doch; Ihr bringt mich zur Verzweiflung!

ARGAN. Nun?

LOUISON. Er wollte aber nicht gehen.

ARGAN. Was antwortete er ihr da?

LOUISON. Er sagte ihr Gott weiß was alles –

ARGAN. Und was denn zum Beispiel?

LOUISON. Er sagte ihr bald dies, bald das; daß er sie sehr lieb hätte, und daß sie die Allerschönste wäre …

ARGAN. Und weiter?

LOUISON. Und dann nachher fiel er vor ihr auf die Knie –

ARGAN. Und dann?

LOUISON. Und dann küßte er ihr die Hände –

ARGAN. Und dann?

LOUISON. Und dann kam meine Stiefmama an die Tür, und da lief er davon.

ARGAN. Und weiter war's nichts?

LOUISON. Nein, lieber Papa.

ARGAN. Da ist aber mein kleiner Finger, der noch etwas murmelt. *Hält seinen Finger ans Ohr.* Warte! – He? – Aha! – So? – Oho! – Mein kleiner Finger sagt mir da noch etwas, was du gesehen hast, und hast mir's nicht gesagt.

LOUISON. O Papa, dann lügt Euer kleiner Finger!

ARGAN. Nimm dich in acht!

LOUISON. Nein, bester Papa, glaubt ihm nicht; ich versichere Euch, er lügt.

ARGAN. Nun, wir wollen sehen. So, nun geh und gib auf alles wohl Achtung. Geh! – *Allein.* Wahrhaftig, es gibt keine Kinder mehr! – Ach, was habe ich nicht alles auf dem Halse! – Mir bleibt weiß Gott kaum noch so viel Zeit, an meine Krankheit zu denken. Ich bin ganz hin!

Er sinkt in seinen Lehnstuhl.

Zwölfter Auftritt
Argan. Beralde.

BERALDE. Nun, Bruder, wie geht's? Wie steht's mit deinem Befinden?

ARGAN. Ach, Bruder, sehr schlecht.

BERALDE. Wieso schlecht?

ARGAN. Jawohl! – Ich bin so matt, daß ich's nicht beschreiben kann.

BERALDE. Das ist ja sehr betrübt!

ARGAN. Ich habe kaum noch die Kraft zu reden.

BERALDE. Ich war hergekommen, dir eine Partie für meine Nichte Angelique vorzuschlagen.

ARGAN *steht auf und spricht mit Heftigkeit.* Bruder, sprich mir nicht von der Spitzbübin. Sie ist eine freche, impertinente Dirne, die ich morgen am Tage in ein Kloster stecken werde.

BERALDE. Oh, du bist ja recht munter; ich sehe, du kommst wieder ein wenig zu Kräften, und mein Besuch hat dir gut getan; von dem Geschäft können wir ein andermal sprechen. Ich habe dir hier eine Bande von Zigeunern mitgebracht, der ich eben begegnete, die dich zerstreuen und aufheitern soll und dich in bessere Stimmung für meine Vorschläge bringen wird. Sie sind als Mauren verkleidet und werden dir mit ihrem Tanze und ihrem Gesang Vergnügen machen; das wird ebensoviel wert sein, als ein Rezept des Doktors Purgon. – Kommt herein! –

Zweites Zwischenspiel

Es treten mehrere Zigeuner und Zigeunerinnen auf,
als Mauren verkleidet, singen und führen Tänze auf.

ERSTE MORISKE.
Der Frühling zieht so bald vorbei,
Es währt so kurz des Lebens Mai,
Benutzt die schöne Zeit.
Der Frühling zieht so bald vorbei,
Es währt so kurz des Lebens Mai,
Benutzt die schöne Zeit.
Wer beut ein Glück der Menschenbrust
Weit über jeder andern Lust? –
Wer sendet, gleich der ew'gen Sonne,
Licht, Lebensglut und höchste Wonne?
Wer steckt die ganze Welt in Flammen,
Und hält allein sie doch zusammen?
Wen loben alle bessern Geister?
Wer ist, wer war, oder wird ihr Meister?
Der Frühling zieht so schnell vorbei,
Es währt so kurz des Lebens Mai,
Drum nutzt die schöne Zeit;
Der Frühling zieht so schnell vorbei,
Es währt so kurz des Lebens Mai,
Weiht ihn der Zärtlichkeit.
Die Schönheit schwindet,
Die Zeit entführt sie;
Des Eises Kälte,
Das Alter spürt sie.
Die heitre Flamme
Wird bald verglühn,
Drum pflückt euch Blumen,
Derweil sie blühn.
Der Frühling zieht so schnell vorbei,

Es währt so kurz des Lebens Mai,
Drum nutzt die schöne Zeit.
Der Frühling zieht so schnell vorbei,
Es währt so kurz des Lebens Mai,
Weiht ihn der Zärtlichkeit.

Erster Ballett-Auftritt
Tanz von Zigeunern und Zigeunerinnen.

ZWEITE MORISKE.
Zu Amors Fahnen soll'n wir schwören?
Was denkt ihr nur?
Zwar lassen wir uns gern betören
Schon von Natur.
Die Liebe hat, uns zu verführen,
So leichten Kauf!
Klopft sie einmal an unsre Türen,
Gleich tun wir auf.
Doch hörten wir so ernste Warnung,
Vor ihr zu fliehn,
Und der gefährlichen Umgarnung
Uns zu entziehn,
Daß uns vor Amors scharfen Pfeilen
Und ihren Widerhaken graut,
Und wir in scheuer Flucht enteilen,
Wo sich Kupido Tempel baut.
DRITTE MORISKE.
Reizend ist's in unserm Alter
Einen Schäfer zu erhören,
Der uns seine Lieb' erklärt.
Wenn er aber, gleich dem Falter,
Statt der einen zu gehören,
Treulos andre Flammen nährt,
Und von andern Blumen zehrt –

Welch ein Stich durch unser Herz!
Welche Folter! Welcher Schmerz!
VIERTE MORISKE.
Nicht des Liebsten Wankelmut,
Noch der frech gebrochne Eid
Ist für uns das größte Leid;
Aber Zorn erregt's und Wut,
Wenn wir an den wilden Knaben
Unser Herz verloren haben,
Wenn wir Ärmsten so verlassen
Lieben, wo wir sollten hassen.
ZWEITE MORISKE.
Was also nun beginnen
Mit unsern jungen Herzen?
VIERTE MORISKE.
Entfliehn wir all den Schmerzen?
Soll Amor uns gewinnen?
ALLE.
Ja, laßt uns nicht verzagen.
Wir wollen's mutig wagen,
Sein Joch ist nicht zu schwer.
Laßt uns die Schmerzen tragen,
Wenn sie uns Lust versprechen:
Und ob die Dornen stechen,
Die Rose gilt uns mehr.

Zweiter Ballett-Auftritt
ALLE MAUREN *tanzen zusammen und lassen die
Affen, die sie mitgebracht haben, ihre Sprünge
machen.*

Dritter Aufzug

Erster Auftritt
Beralde. Argan. Toinette.

BERALDE. Nun, Bruder, wie gefiel dir's? War das nicht ebensogut als eine Dosis Quassia?

TOINETTE. Hm! – Gute Quassia ist auch etwas sehr Gutes.

BERALDE. Was meinst du, wenn wir jetzt ein vernünftig Wort miteinander sprächen?

ARGAN. Gedulde dich noch einen Augenblick, Bruder; ich bin gleich wieder da.

TOINETTE. Seht nur, Herr Argan, Ihr bedenkt gar nicht, daß Ihr nicht ohne Stock gehen könnt.

ARGAN. Da hast du recht.

Zweiter Auftritt
Toinette. Beralde.

TOINETTE. Ich bitte Euch, verlaßt nur Eure arme Nichte nicht, Herr Beralde.

BERALDE. Ich werde alles daran setzen, um ihren Wunsch erfüllen zu helfen.

TOINETTE. Wir müssen um jeden Preis die unsinnige Heirat hintertreiben, die er sich in den Kopf gesetzt hat; und ich hatte mir schon überlegt, es wäre gar nicht so übel gewesen, einen Arzt ins Haus zu bringen, über den wir hätten verfügen können, und der ihm seinen Herrn Purgon verleidet haben würde. Da aber kein solcher zur Hand ist, bin ich willens, einen Streich auszuführen, den ich mir ersonnen habe.

BERALDE. Was denn?

TOINETTE. Es ist ein abenteuerlicher Einfall: vielleicht habe ich mehr Glück als Verstand dabei; aber laßt mich's versuchen, und tut Ihr das Eurige. Da kommt unser Mann.

Dritter Auftritt
Argan. Beralde.

BERALDE. Vor allen Dingen, Bruder, nimm dir vor, dich bei unserm Gespräch nicht zu ereifern; darum bitte ich dich dringend.
ARGAN. Schon gut!
BERALDE. Ebenso wünsche ich, daß du auf die Fragen, die ich dir etwa vorlegen könnte, ohne Heftigkeit antwortest.
ARGAN. Ja.
BERALDE. Und über die Sachen, die wir miteinander abzusprechen haben, ohne allen Affekt redest.
ARGAN. I du mein Gott, ja doch! – Mir scheint, du machst eine lange Vorrede!
BERALDE. Wie kommt es also, Bruder, daß du bei deinem schönen Vermögen, und da du nur die eine Tochter hast – denn die Kleine rechne ich nicht –, wie kommt es, sage ich, daß du auf den Gedanken gerätst, Angelique in ein Kloster zu schicken?
ARGAN. Wie kommt es, Bruder, daß ich Herr in meinem Hause bin und in meiner Familie tun und lassen kann, was mir beliebt?
BERALDE. Deine Frau liegt dir beständig in den Ohren, dich auf diese Art deiner beiden Töchter zu entledigen; und ich zweifle nicht, daß sie aus christlicher Liebe sehr erfreut sein würde, wenn sie aus beiden ein paar fromme Nonnen machen könnte.

ARGAN. Nun ja, da haben wir's. Immer kommt vor allen Dingen die arme Frau an die Reihe; sie ist allein an allem schuld und hat alle Welt zum Feinde.

BERALDE. Gut, Bruder, lassen wir sie ganz beiseite. Sie hat die besten Absichten für deine Familie, sie weiß von keinem Eigennutz, sie hat für dich eine Zärtlichkeit, die ans Wunderbare grenzt, und zeigt deinen Töchtern eine Liebe und Güte, wie man sie kaum begreifen kann; das alles gebe ich zu. Also nichts weiter von ihr, und kommen wir wieder auf deine Tochter. Was denkst du dir eigentlich dabei, Bruder, daß du sie mit dem Sohn eines Arztes verheiraten willst?

ARGAN. Ich denke mir dabei, daß ich dadurch zu einem Schwiegersohn komme, wie ich ihn für mich brauche.

BERALDE. Aber nicht, wie ihn deine Tochter braucht, Bruder; und für die zeigt sich jetzt eine viel passendere Partie.

ARGAN. Kann sein; aber diese paßt mir besser.

BERALDE. Der Mann aber, den sie heiraten soll, Bruder – nimmt sie den für sich oder für dich?

ARGAN. Er soll für sie und für mich sein, und ich will Leute in meine Familie bringen, die mir nützen können.

BERALDE. Du würdest also nach demselben Grundsatz deine kleine Tochter, wenn sie nur schon erwachsen wäre, einem Apotheker zur Frau geben?

ARGAN. Warum nicht?

BERALDE. Ist's denn möglich, daß du dein ganzes Leben lang auf deine Doktoren und deine Apotheker versessen bleibst, und der Natur und allen Menschen zum Trotz krank sein willst?

ARGAN. Was willst du damit sagen, Bruder?

BERALDE. Ich will damit sagen, daß ich keinen Menschen kenne, der weniger krank ist wie du, und daß ich mir keine bessere Konstitution wünsche als die deinige. Der beste Beweis, daß du einen vortrefflich organisierten Körper hast, ist der, daß du dich wohl befindest, und daß du mit aller Mühe, die dir's gekostet hat, es noch nicht dahin hast bringen können, deine gute Natur zu ruinieren und nicht längst schon an allen den Medizinen, die man dich hat schlucken lassen, draufgegangen bist.

ARGAN. Weißt du denn nicht, Bruder, daß die allein mich erhalten, und daß Herr Purgon mir versichert, ich wäre geliefert, wenn er sich nur drei Tage lang nicht um mich kümmerte?

BERALDE. Wenn du dich nicht vorsiehst, wird er sich so viel um dich kümmern, daß er dich in die andre Welt schicken wird!

ARGAN. Aber laß uns einmal vernünftig reden, Bruder. Du glaubst also nicht an die Medizin?

BERALDE. Nein, Bruder; und ich sehe auch nicht die Notwendigkeit ein, daß man wegen seines Seelenheils an sie glauben müsse.

ARGAN. Wie, du glaubst nicht an die Wahrheit einer Sache, die von der ganzen Welt als festgestellt angesehn wird, und die alle Jahrhunderte in Ehren gehalten haben?

BERALDE. Ich bin so weit davon entfernt, sie für wahr zu halten, daß sie mir wie eine der größten Torheiten vorkommt, die die Menschen sich ausgedacht haben. Und um die Sache philosophisch zu betrachten: mir kommt es wie ein alberner Mummenschanz, wie eine fratzenhafte Lächerlichkeit vor, wenn ein Mann sich damit befaßt, einen andern kurieren zu wollen.

ARGAN. Und warum, Bruder, sollte ein Mensch den andern nicht kurieren können?

BERALDE. Aus dem einfachen Grunde, Bruder, weil die Triebfedern unsrer Maschine bis jetzt ein Geheimnis geblieben sind, das kein menschliches Auge durchschaut, und das die Natur mit einem zu dichten Schleier verhüllt hat, als daß wir etwas davon erkennen könnten.

ARGAN. Nach deiner Ansicht verstehn die Ärzte also nichts.

BERALDE. O ja, Bruder. In der Regel verstehn sie die alten Sprachen recht gut; sprechen ein klassisches Latein und sind imstande, alle Krankheiten griechisch zu nennen, zu beschreiben und in Klassen zu bringen. Aber wie sie zu kurieren sind, davon verstehn sie gar nichts.

ARGAN. Jedenfalls wirst du mir doch das einräumen, daß die Ärzte von dem allen mehr wissen als wir andern?

BERALDE. Sie wissen, was ich dir vorhin gesagt habe, Bruder, und damit kuriert man blutwenig. Glaube mir, die ganze Herrlichkeit ihrer sogenannten Wissenschaft besteht in einem hochtrabenden Galimathias und in einem blendenden Phrasenschwall, der statt Gründe anzuführen Worte gibt und Versprechungen statt der Tat.

ARGAN. Aber, um es kurz zu machen, Bruder – es gibt andre Leute, die ebensoviel Verstand und Einsicht haben wie du; und die doch alle, wie du siehst, sich, wenn sie krank sind, an die Ärzte wenden.

BERALDE. Das ist ein Beweis der menschlichen Schwachheit, entscheidet aber nichts für die Wahrheit jener sogenannten Wissenschaft.

ARGAN. Die Ärzte selbst müssen aber doch an ihre Kunst glauben, weil sie sich ihrer für sich selbst bedienen?

BERALDE. Nun ja; einige unter ihnen sind selbst in jenem Irrtum des großen Haufens befangen, der ihnen Nutzen bringt; und andere machen sich ihn zunutze, obgleich sie ihn durchschauen. Dein Herr Purgon zum Beispiel gehört zu den Ehrlichen; er ist Arzt vom Kopf bis zu den Füßen; er glaubt an seine Regeln fester als an irgendeinen mathematischen Beweis, und es würde ihm wie eine Sünde vorkommen, sie prüfen zu wollen: für ihn ist in der ganzen Heilkunde nichts dunkel; er statuiert weder einen Zweifel noch eine Schwierigkeit; und mit allem Ungestüm des Vorurteils, mit der starren Schroffheit der Zuversicht und einer brutalen Überhebung über Vernunftgründe und Menschenverstand geht er ins Zeug mit Purganzen und Aderlässen, und läßt sich durch nichts irre machen. Man darf ihm alles Unheil, was für dich daraus entstehn kann, kaum vorwerfen; er wird dich mit dem ruhigsten Gewissen in die andre Welt schicken; und wenn er dich umbringt, wird er eben nichts andres tun, als was er an seiner Frau und seinen Kindern getan hat, und was er im Notfall an sich selber tun würde.

ARGAN. Ich sehe schon, du hast einen Zahn auf ihn. Aber laß uns zur Sache kommen. Was soll man also machen, wenn man krank ist?

BERALDE. Nichts, Bruder.

ARGAN. Nichts?

BERALDE. Nichts. Man soll sich einfach ruhig verhalten; die Natur, wenn man sie gewähren läßt, hilft sich allmählich selbst. Unsre Ungeduld, unsre Unruhe verdirbt alles, und fast alle Menschen sterben an ihren Arzneien und nicht an ihren Krankheiten.

ARGAN. Du wirst aber doch nicht in Abrede stellen, Bruder, daß man durch gewisse Dinge der Natur helfen kann.

BERALDE. Mein Gott, Bruder, das sind pure Einbildungen, mit denen wir uns nun einmal schmeicheln. Von jeher sind die Menschen auf solche Phantasien gefallen, denen sie sich gern hingeben, weil sie ihnen angenehm sind, und weil es zu wünschen wäre, die Sache verhielte sich so. Wenn dir ein Arzt verspricht, er wolle der Natur helfen, sie unterstützen und dir Linderung verschaffen, wolle forträumen, was ihr schadet, und ihr geben, was ihr fehlt, sie herstellen, und sie zur freien Tätigkeit ihrer Funktionen zurückführen; wenn er dir sagt, er gehe darauf aus, dein Blut zu verbessern, dein Gehirn und deine Eingeweide zu temperieren, deine angeschwollne Milz in ihren normalen Zustand zu bringen, deine Brust zu erleichtern, deine Leber zu kurieren, dein Herz zu stärken, deine natürliche Wärme wieder herzustellen, und dir zu verstehn gibt, er besitze geheime Mittel, dein Leben auf viele Jahre zu verlängern, so gehört das samt und sonders in den Roman der Heilkunde. Kommt es aber dann zur Probe, und du fragst die Erfahrung, so findest du von dem allen nichts, und es verhält sich damit wie mit einem schönen Traum, der dir beim Erwachen nur das Mißbehagen zurückläßt, an ihn geglaubt zu haben.

ARGAN. Du glaubst also, daß dein Kopf alle Weisheit der Welt in sich einschließt, und daß du mehr weißt als alle großen Ärzte unsrer Zeit?

BERALDE. Leider sind nur deine großen Ärzte zwei sehr verschiedene Arten von Leuten: wenn du sie sprechen hörst, die geschicktesten Männer von der

Welt; siehst du aber, was sie tun, die erbärmlichsten Stümper, die es gibt.

ARGAN. Allen Respekt! Du bist, wie ich sehe, ein großer Weiser; und ich wünschte nur, es wäre einer von den Herren zugegen, um dich mit deinen Schlüssen in die Enge zu treiben und deiner Redseligkeit einen Riegel vorzuschieben.

BERALDE. Ich habe mir ja gar nicht die Aufgabe gestellt, die Arzneiwissenschaft vor der Welt zu bekämpfen; mag doch jeder, auf seine Gefahr und seine Kosten davon glauben, was ihm gut dünkt. Was ich darüber sage, gilt nur uns beiden; ich hätte gewünscht, dich ein wenig aus dem Irrtum zu ziehn, in dem du steckst, und möchte dich, was dies Kapitel anlangt, zu deiner Unterhaltung einmal in eines der Molièreschen Lustspiele führen.

ARGAN. Dein Molière wäre mir grade der Rechte mit seinen unverschämten Komödien! Ich finde es unerhört von ihm, sich über so brave Männer wie unsre Ärzte lustig machen zu wollen.

BERALDE. Es sind ja nicht die Ärzte, über die er sich lustig macht, sondern die Hirngespinste ihrer Wissenschaft.

ARGAN. Als ob er der Mann danach wäre, die Arzneiwissenschaft zu meistern! – Wie darf solch ein dreister vorwitziger Faselhans sich erlauben, über Konsultationen und Rezepte sich aufzuhalten, an der ganzen Fakultät sich zu vergreifen, und so ehrwürdige Personen wie unsre Doktoren auf sein Theater zu bringen!

BERALDE. Wen soll er denn sonst aufs Theater bringen, als die verschiedenen Stände und Professionen der Menschen? – Bringt man ja doch alle Tage Fürsten und Könige auf die Bühne, die doch von ebenso gutem Hause sind als die Ärzte.

ARGAN. Nun, so soll mich doch, hätte ich bald gesagt, der Teufel holen: wenn ich wie die Ärzte wäre, ich rächte mich an ihm für seine Frechheit, und wenn er krank würde, ich ließe ihn ohne Hilfe sterben. Da möchte er dann tun und sagen, was er wollte, ich verordnete ihm nicht den kleinsten Aderlaß, nicht das geringste kleine Klistier, und spräche zu ihm: Fahre du nur ab! Das wird dich lehren, ein andermal deinen Witz an der Fakultät auszulassen!

BERALDE. Du bist ja sehr ergrimmt gegen ihn!

ARGAN. Ja. Er ist ein einfältiger Mensch, und wenn die Ärzte klug sind, tun sie, wie ich dir sage.

BERALDE. Er wird schon noch klüger sein als deine Ärzte und sich gar nicht an sie wenden.

ARGAN. Desto schlimmer für ihn, wenn er ihre Mittel verschmäht!

BERALDE. Er hat seine guten Ursachen, wenn ihn nicht danach verlangt; denn er behauptet, das dürften sich nur robuste und kräftige Naturen erlauben, die stark genug sind, außer der Krankheit noch die Mittel auszuhalten; während er nur gerade so viel Kräfte habe, die Krankheit allenfalls zu überstehn.

ARGAN. Was für einfältige Gründe er da anführt! — Höre, Bruder, sprechen wir nicht mehr von dem Menschen, denn das bringt mir die Galle in Bewegung und könnte mir einen Rückfall zuziehen.

BERALDE. Sehr gern; und um von etwas anderm zu reden, will ich nur sagen, daß du wegen der kleinen Widersetzlichkeit, die dir deine Tochter gezeigt hat, doch nicht gleich den gewaltsamen Entschluß fassen darfst, sie in ein Kloster zu schicken; und daß du, was die Wahl eines Schwiegersohns betrifft, nicht blindlings dem Affekt folgen mußt, der dich hinreißt. Man muß in solchen Dingen sich ein wenig nach der

Neigung einer Tochter richten, weil das Glück ihrer Ehe und ihres Lebens auf dem Spiele steht.

Vierter Auftritt

Herr Fleurant mit einer Spritze in der Hand. Argan. Beralde.

ARGAN. Ach, Bruder, mit deiner Erlaubnis ...

BERALDE. Wie? Was hast du denn vor?

ARGAN. Nur eine kleine Injektion; es ist gleich geschehn.

BERALDE. Du spaßest! Kannst du denn nicht einen Augenblick ohne Injektion oder ohne Medizin leben? Verschiebe es auf ein andermal und gönne dir einmal ein wenig Ruhe.

ARGAN. Heut abend, Herr Fleurant, oder morgen früh!

HERR FLEURANT *zu Beralde.* Was fällt Euch ein, daß Ihr Euch den ärztlichen Verordnungen widersetzt und mich verhindern wollt, Herrn Argan mein Klistier zu applizieren? Ich finde Euch sehr sonderbar, Euch eine solche Dreistigkeit herauszunehmen!

BERALDE. Geht, mein Herr. Man sieht, daß Ihr nicht in der Gewohnheit seid, Gesichter vor Euch zu haben.

HERR FLEURANT. Es ist unerlaubt, mit Medikamenten seinen Spott zu treiben und mich um meine Zeit zu bringen. Ich bin nur auf gemessene Vorschrift hiehergekommen, und werde Herrn Purgon melden, welchergestalt man mich verhindert hat, seinem Befehl Folge zu leisten und meine Funktion auszuüben. Ihr sollt schon sehn, Ihr sollt schon sehn ...

Fünfter Auftritt

Argan. Beralde.

ARGAN. Bruder, du wirst ein Unglück angerichtet haben.

BERALDE. Das große Unglück, um ein Klistier zu kommen, das Herr Purgon verordnet hatte! – Noch einmal, Bruder, ist's denn möglich, daß es kein Mittel geben sollte, dich von der Krankheit der Ärzte zu kurieren, und willst du dich wirklich dein ganzes Leben hindurch in ihren Rezepten vergraben?

ARGAN. Mein Gott, Bruder, du sprichst wie jemand, der sich wohl befindet; wenn du aber an meiner Stelle wärst, da würdest ganz anders reden. Es ist nichts leichter, als gegen die Medizin zu eifern, wenn man bei völliger Gesundheit ist.

BERALDE. Aber was fehlt dir denn eigentlich?

ARGAN. Du wirst mich noch ernstlich böse machen. Ich wünschte nur, du hättest meine Krankheit, und möchte wohl wissen, ob du dann so viel schwatzen würdest. Ah, da kommt Herr Purgon.

Sechster Auftritt

Herr Purgon. Argan. Beralde. Toinette.

HERR PURGON. Schöne Neuigkeiten, die ich da eben unten an der Tür erfahre! – Man spottet hier über meine Rezepte und weigert sich, das von mir verordnete Mittel zu nehmen?

ARGAN. Herr Doktor, ich war ...

HERR PURGON. Das ist ja ein nie dagewesenes Unterfangen, eine unerhörte Rebellion eines Kranken gegen seinen Arzt!

TOINETTE. Es ist entsetzlich!

HERR PURGON. Ein Klistier, das ich recht con amore selbst bereitet ...

ARGAN. Ich war nicht schuld ...

HERR PURGON. Und nach allen Regeln der Kunst erfunden und zusammengestellt hatte ...

TOINETTE. Er hat unrecht!

HERR PURGON. Und das eine stupende Wirkung hervorgebracht haben würde ...

ARGAN. Mein Bruder ...

HERR PURGON. Mit Verachtung zurückzuschicken!

ARGAN *zeigt auf Beralde.* Er war's ...

HERR PURGON. Das ist eine himmelschreiende Tat.

TOINETTE. Das ist wahr!

HERR PURGON. Ein frevelhaftes Attentat auf die Wissenschaft –

ARGAN *zeigt auf Beralde.* Er redete mir zu ...

HERR PURGON. Ein crimen laesae Facultatis, das nicht streng genug bestraft werden kann.

TOINETTE. Ihr habt ganz recht.

HERR PURGON. Ich erkläre hiermit, daß ich meine Hand von Euch abziehe ...

ARGAN. Es war mein Bruder ...

HERR PURGON. Daß ich von der Verschwägerung mit Euch nichts mehr wissen will –

TOINETTE. Das macht Ihr recht.

HERR PURGON. Und daß ich, um alle Verbindung mit Euch aufzuheben, die Donation, die ich zugunsten seiner Heirat meinem Neffen machen wollte, hier vor Euren Augen zerreiße. *Er wirft ihm die zerrissene Akte vor die Füße.*

ARGAN. Mein Bruder ist an dem ganzen Unglück schuld!

HERR PURGON. Mein Klistier verachten!

ARGAN. Laßt es kommen, ich will es nehmen.

HERR PURGON. Ich hätte Euch in kurzem aus aller Not geholfen –

TOINETTE. Er verdient es nicht!

HERR PURGON. Ich stand im Begriff, grade jetzt Euren Körper zu reinigen und alle bösen Säfte gründlich auszutreiben –

ARGAN. Ach, Bruder!

HERR PURGON. Und hätte Euch höchstens noch ein Dutzend Medizinen zugedacht, um rein Haus zu machen.

TOINETTE. Er ist Eurer Sorgfalt nicht wert!

HERR PURGON. Aber weil Ihr durch meine Hand nicht habt kuriert sein wollen –

ARGAN. Es ist ja nicht meine Schuld!

HERR PURGON. Weil Ihr Euch gegen den Gehorsam aufgelehnt habt, den man seinen Ärzten schuldig ist –

TOINETTE. Das schreit um Rache.

HERR PURGON. Weil Ihr als offenbarer Rebell gegen die Mittel protestiert habt, die ich Euch vorschrieb –

ARGAN. Ach, ganz und gar nicht!

HERR PURGON. So will ich Euch hiermit erklärt haben, daß ich Euch Eurer schlechten Konstitution, der Verstimmung Eurer Eingeweide, der Verderbnis Eures Bluts, der Schärfe Eurer Galle und der Verschleimung Eurer Säfte überlasse –

TOINETTE. Das macht Ihr ganz recht.

ARGAN. Ach Gott!

HERR PURGON. Und will, daß Ihr Euch, ehe vier Tage ins Land gegangen sind, in einem inkurabeln Zustande befindet –

ARGAN. Erbarmt Euch meiner!

HERR PURGON. Daß Ihr der Bradypepsie anheim fallen sollt.

ARGAN. Herr Purgon!
HERR PURGON. Daß Ihr aus der Bradypepsie in die Dyspepsie geratet.
ARGAN. Herr Purgon!
HERR PURGON. Aus der Dyspepsie in die Aspepsie –
ARGAN. Herr Purgon!
HERR PURGON. Aus der Aspepsie in die Lienterie –
ARGAN. Herr Purgon!
HERR PURGON. Aus der Lienterie in die Dyssenterie –
ARGAN. Herr Purgon!
HERR PURGON. Aus der Dyssenterie in die Hydropisie –
ARGAN. Herr Purgon!
HERR PURGON. Und aus der Hydropisie in die Agonie, oder mit andern Worten in das letzte Lebensstadium, als wohin Eure Torheit Euch geführt haben wird.

Siebenter Auftritt
Argan. Beralde.

ARGAN. Ach mein Gott! Ich bin tot. Bruder, du hast mich ins Unglück gestürzt.
BERALDE. Was fällt dir ein? Was gibt's denn?
ARGAN. Ich kann nicht mehr. Ich fühle schon, wie die Arzneikunst sich an mir rächt.
BERALDE. Meiner Treu, Bruder, du bist nicht recht gescheit, und ich möchte um alles in der Welt nicht, daß ein andrer dich in diesem Zustand sähe. Fasse dich, komm zu dir selbst und laß dich nicht so ganz von deiner Einbildungskraft beherrschen.

ARGAN. Hast du gehört, Bruder, mit was für schrecklichen Krankheiten er mir gedroht hat?

BERALDE. Sei doch nicht so einfältig!

ARGAN. In vier Tagen, sagte er, soll ich in einem inkurabeln Zustande sein!

BERALDE. Und weil er's sagt, muß es denn deshalb geschehen? – War's denn ein Orakelspruch, den wir vernommen haben? – Sollte, wer dich reden hört, nicht glauben, Herr Purgon hielte deinen Lebensfaden in seiner Hand und hätte die unumschränkteste Macht, ihn nach seinem Gefallen fortzuspinnen oder abzuschneiden? Bedenke doch, daß du deinen Lebensquell in dir selbst trägst, und daß aller Zorn deines Herrn Purgon so wenig fähig ist, dich zu töten, als seine Mittel imstande sind, dich am Leben zu erhalten. Du hast nun jetzt eine Veranlassung, dir alle Ärzte vom Halse zu schaffen – oder wenn du einmal dazu geboren bist, nicht ohne sie existieren zu können, so wird es nicht schwer halten, einen andern zu finden, mit dem du weniger Gefahr läufst.

ARGAN. Ach, Bruder, er kennt aber mein ganzes Temperament und die Art, wie ich behandelt werden soll.

BERALDE. Ich muß dir gestehen, deine Verblendung ist unerhört, und du siehst die Dinge in einem wunderlichen Licht.

Achter Auftritt
Argan. Beralde. Toinette.

TOINETTE *zu Argan.* Herr Argan, draußen ist ein Doktor, der Euch sprechen will.

ARGAN. Was für ein Doktor?

TOINETTE. Ein Doktor der Medizin.

ARGAN. Ich frage, wie er heißt?

TOINETTE. Ich kenne ihn nicht, aber er gleicht mir wie ein Ei dem andern; und wenn ich nicht wüßte, daß meine Mutter eine ehrliche Frau war, so würde ich sagen, er wäre irgendein Brüderchen, das sie mir nach dem Tode meines Vaters geschenkt hätte.

ARGAN. Laß ihn hereinkommen.

Neunter Auftritt

Argan. Beralde.

BERALDE. Das trifft sich ja nach Wunsch; kaum verläßt dich ein Arzt, so ist schon ein anderer da.

ARGAN. Ich fürchte, ich fürchte, du hast ein Unglück angerichtet!

BERALDE. Noch immer? Kannst du denn den Gedanken gar nicht loswerden?

ARGAN. Siehst du, alle die entsetzlichen, unbekannten Krankheiten liegen mir auf dem Herzen, ich fühle ...

Zehnter Auftritt

Argan. Beralde. Toinette im Doktorhabit.

TOINETTE. Mein Herr, erlaubt, daß ich Euch meinen Besuch abstatte und Euch für alle Aderlässe und Purganzen, die Ihr etwa nötig haben werdet, meine geringen Dienste anbiete.

ARGAN. Mein Herr, ich bin Euch sehr verbunden. *Zu Beralde.* Meiner Treu, das ist ja die leibhaftige Toinette.

TOINETTE. Mein Herr, nehmt es ja nicht übel; ich habe vergessen, meinem Diener einen Auftrag zu geben; ich werde sogleich wieder hier sein.

Elfter Auftritt

Argan. Beralde.

ARGAN. Hättest du nicht darauf geschworen, es sei wirklich Toinette selbst?

BERALDE. Ich muß sagen, die Ähnlichkeit ist unglaublich groß; aber man hat schon viel von dergleichen gehört, und solche Naturspiele wiederholen sich sehr oft.

ARGAN. Ich bin ganz erstaunt darüber, und ...

Zwölfter Auftritt

Argan. Beralde. Toinette.

TOINETTE. Was befehlt Ihr, Herr Argan?

ARGAN. Wie?

TOINETTE. Habt Ihr mich nicht eben gerufen?

ARGAN. Ich? Nein!

TOINETTE. So müssen mir die Ohren geklungen haben.

ARGAN. Bleib doch ein wenig hier, damit du die Ähnlichkeit mit dem Doktor vergleichen kannst!

TOINETTE. Ach was! Ich habe in der Küche zu tun und habe ihn genug gesehen.

Dreizehnter Auftritt

Argan. Beralde.

ARGAN. Wenn ich sie nicht beide zusammen sähe, so bliebe ich dabei, es wäre eine und dieselbe Person.

BERALDE. Ich habe die wunderbarsten Dinge über solche Ähnlichkeiten gelesen, und es sind zu unserer Zeit Fälle vorgekommen, wo jeder getäuscht ward.

ARGAN. Diesmal wäre ich auch getäuscht worden und hätte darauf geschworen, sie sei es.

Vierzehnter Auftritt

Argan. Beralde. Toinette als Arzt.

TOINETTE. Mein Herr, ich bitte nochmals tausendmal um Vergebung.

ARGAN *leise zu Beralde*. Es ist zum Erstaunen!

TOINETTE. Ihr werdet es hoffentlich nicht für ungut nehmen, daß ich neugierig war, einen so berühmten Kranken wie Ihr kennenzulernen; und Euer weitverbreiteter Ruf möge die Freiheit entschuldigen, die ich mir genommen habe.

ARGAN. Mein Herr, ich bin Euer Diener.

TOINETTE. Ich sehe, mein Herr, daß Ihr mich scharf ins Auge faßt. Wie alt meint Ihr wohl, daß ich sei?

ARGAN. Ich sollte meinen, Ihr könntet höchstens sechsundzwanzig oder siebenundzwanzig Jahr alt sein.

TOINETTE. Hahahahaha! – Neunzig Jahr bin ich alt.

ARGAN. Neunzig?

TOINETTE. Ja. Das ist die Wirkung der Geheimnisse meiner Kunst, mich so frisch und kräftig zu erhalten.

ARGAN. Auf Ehre, das nenne ich einen hübschen jungen Greis für neunzig Jahre!

TOINETTE. Ich bin ein reisender Arzt, der von Stadt zu Stadt, von Provinz zu Provinz, von einem Königreich ins andere zieht, um Patienten aufzusuchen, die meiner Sorgfalt würdig sind, und an denen es der Mühe wert ist, die großen und schönen Geheimnisse zu verwenden, die ich in der Arzneikunst entdeckt habe. Ich verschmähe es, mich mit dem kleinen Gesindel der alltäglichen Zufälle zu befassen, mit dem winzigen Geschmeiß von Rheumatismen und Flüssen, mit kleinen Fieberchen, Nervenleiden und Kopfschmerzen. Ich will nachhaltige, solide Krankheiten; schwere, gut anhaltende Fieber mit Gehirnentzündungen; gute Scharlachfieber, gute Pesten, gute ausgebildete Wassersuchten, gutes Seitenstechen mit Brustinflammationen, das ist mein Element, in dem ich mich wohl fühle, da finde ich meine Triumphe, und ich wünschte, mein Herr, Ihr hättet alle die Krankheiten, die ich eben nannte, Ihr wäret von allen Ärzten aufgegeben und lägt ohne Hoffnung in den letzten Zügen, um Euch die Vortrefflichkeit meiner Mittel zu beweisen und Euch zu zeigen, wie gern ich Euch zu Dienst stehen möchte.

ARGAN. Ich danke Euch, mein Herr, für Eure große Güte.

TOINETTE. Gebt mir doch ein wenig Euern Puls. – Höre, daß du mir schlägst, wie sich's gehört; warte nur, ich will dir schon beibringen, daß du mir gehst, wie du sollst. Ei Sapperment, der Puls da macht sich sehr unnütz; ich sehe schon, mein Freund, du kennst mich noch nicht. – Wer ist denn Euer Arzt?

ARGAN. Herr Purgon.

TOINETTE. Der Name steht nicht in meinem Notizbuch unter den großen Ärzten eingetragen. Woran, sagt er denn, daß Ihr krank wäret?

ARGAN. Er sagt mir, es sei ein Leberleiden; andere sprechen, es käme aus der Milz.

TOINETTE. Dummes Zeug! – An der Lunge seid Ihr krank.

ARGAN. An der Lunge?

TOINETTE. Ja. Was fühlt Ihr?

ARGAN. Ich fühle von Zeit zu Zeit Kopfschmerzen.

TOINETTE. Ganz recht, die Lunge.

ARGAN. Mir ist mitunter, als hätte ich einen Flor vor den Augen.

TOINETTE. Die Lunge.

ARGAN. Zuweilen wird mir übel.

TOINETTE. Die Lunge.

ARGAN. Ich fühle mitunter eine Müdigkeit in allen Gliedern.

TOINETTE. Die Lunge.

ARGAN. Und zuweilen sticht mir's im Leibe, als hätte ich die Kolik.

TOINETTE. Die Lunge. – Ihr habt Appetit, wenn Ihr eßt?

ARGAN. Ja, Herr Doktor.

TOINETTE. Die Lunge. Ihr trinkt gern ein wenig Wein?

ARGAN. Ja, Herr Doktor.

TOINETTE. Die Lunge. Nach Tisch habt Ihr eine kleine Anwandlung von Müdigkeit und wollt gern schlafen?

ARGAN. Ja, Herr Doktor.

TOINETTE. Alles die Lunge, sage ich; alles die Lunge. Was für eine Diät verordnet Euch denn Euer Arzt?

ARGAN. Er verordnet Suppe mit Brotschnitten –

TOINETTE. Ignorant!

ARGAN. Geflügel –

TOINETTE. Ignorant!

ARGAN. Kalbfleisch –

TOINETTE. Ignorant!

ARGAN. Fleischbrühe –

TOINETTE. Ignorant!

ARGAN. Frische Eier –

TOINETTE. Ignorant!

ARGAN. Abends gekochte Prünellen, um den Leib frei zu erhalten –

TOINETTE. Ignorant!

ARGAN. Und vor allen Dingen viel Wasser in meinem Wein.

TOINETTE. Ignorantus, ignoranta, ignorantum. Ihr müßt Euren Wein ohne Wasser trinken; und um Euer Blut zu heben – denn Ihr habt viel zu wenig Blut – müßt Ihr gutes derbes Rindfleisch essen – gutes derbes Schweinefleisch – guten holländischen Käse, Grütze und Reis, Kastanien und Oblaten essen, kurz etwas, was da klebt und zusammenkleistert. Euer Arzt ist ein Dummkopf; ich will Euch einen von meinen jungen Leuten schicken und werde von Zeit zu Zeit bei Euch vorsprechen, solange ich mich hier aufhalte.

ARGAN. Ich werde Euch sehr verbunden sein.

TOINETTE. Was zum Henker macht Ihr eigentlich mit diesem Arm da?

ARGAN. Wie meint Ihr?

TOINETTE. Wenn ich wäre wie Ihr, den Arm ließe ich mir auf der Stelle abnehmen.

ARGAN. Und warum?

TOINETTE. Seht Ihr denn nicht, daß er alle Nahrung an sich zieht und die andere Seite hindert, zuzunehmen?

ARGAN. Ja, ich kann aber doch meinen Arm nicht missen!

TOINETTE. Ihr habt da auch ein rechtes Auge; das müßte mir heraus, wenn ich an Eurer Stelle wäre.

ARGAN. Ich sollte ein Auge hergeben?

TOINETTE. Seht Ihr denn nicht, daß es dem andern Abbruch tut und ihm seine Nahrung raubt? – Glaubt mir, laßt es Euch je eher je lieber ausstechen; Ihr werdet um so viel besser mit dem linken sehen.

ARGAN. Nun, das eilt wenigstens nicht.

TOINETTE. Lebt wohl. Es tut mir leid, Euch so bald zu verlassen; aber ich werde bei einer großen Konsultation erwartet, die wir wegen eines Kranken halten, der gestern gestorben ist?

ARGAN. Wegen eines Kranken, der gestern gestorben ist?

TOINETTE. Ja, um sich darüber einig zu werden und ausfindig zu machen, was hätte geschehen müssen, um ihn herzustellen. Auf Wiedersehen.

ARGAN. Ihr wißt, daß die Kranken das Geleit nicht geben.

Fünfzehnter Auftritt
Argan. Beralde.

BERALDE. Der Mann scheint mir in der Tat ein sehr geschickter Arzt zu sein!

ARGAN. Ja; aber er geht mir doch zu sehr ins Zeug.

BERALDE. Das tun alle großen Ärzte.

ARGAN. Mir einen Arm abnehmen und mir ein Auge ausstechen, damit die andere Seite sich besser befinde?

Ich will denn doch lieber bleiben wie ich bin. Schöne Prozedur, mich halb blind und halb lahm zu machen!

Sechzehnter Auftritt
Argan. Beralde. Toinette.

TOINETTE *stellt sich, als ob sie draußen mit jemand spräche.* Geht nur, geht! Ich bin Eure Dienerin; ich habe keine Lust zu spaßen.

ARGAN. Was gibt es denn?

TOINETTE. Ei, Euer Doktor, der mir wahrhaftig eben den Puls fühlen wollte!

ARGAN. Seht mir doch! Bei seinen neunzig Jahren!

BERALDE. Wie aber nun die Sache steht, und weil dein Herr Purgon dir den Handel aufgesagt hat – ließe sich jetzt nicht vielleicht ein Wort mit dir über die Partie reden, die sich für meine Nichte gefunden hat?

ARGAN. Nein, Bruder; ich will sie in ein Kloster tun, weil sie sich meinem Willen widersetzt hat. Ich sehe wohl, daß eine Liebelei dahintersteckt und habe eine gewisse geheime Zusammenkunft entdeckt, von der man nicht weiß, daß ich dahintergekommen bin.

BERALDE. Ei nun, lieber Bruder – wenn denn auch eine kleine Liebschaft vorhanden wäre, willst du das als ein Versprechen ansehen? Und kann dir das so zuwider sein, wenn sich's auf einen so ehrlichen, guten Zweck richtet wie eine Heirat?

ARGAN. Dem sei wie ihm wolle, Bruder, sie soll Nonne werden; das steht fest bei mir.

BERALDE. Du willst jemand eine Freude machen.

ARGAN. Ich verstehe dich. Du kommst immer wieder darauf zurück, und hast nur meine Frau im Sinn.

BERALDE. Nun ja denn, Bruder: wenn ich aufrichtig reden soll, so meine ich auch deine Frau. Ebensowenig als deine Liebhaberei für die Ärzte kann ich deine Verblendung über sie gutheißen und ruhig mit ansehen, wie du mit offenen Augen in alle die Fallen gehst, die sie dir stellt.

TOINETTE. Ah, Herr Beralde, sagt ja nichts gegen Madame. Das ist eine Frau, an der nichts auszusetzen ist, eine Frau ohne alle Arglist, und die ihren Mann liebt – nein, es ist gar nicht zu sagen, wie sehr sie ihn liebt.

ARGAN. Frage Toinette nur einmal, wie sie mich verzieht.

TOINETTE. Das ist wahr!

ARGAN. Was meine Krankheit ihr für Sorgen macht –

TOINETTE. Jawohl!

ARGAN. Und wie sie sich immer um mich kümmert und abmüht!

TOINETTE. Das ist gewiß. *Zu Beralde.* Wollt Ihr, daß ich Euch gleich überführe und Euch zeige, wie sie unsern Herrn liebt? *Zu Argan.* Herr Argan! Erlaubt mir, ihm zu beweisen, daß er wie ein Gelbschnabel urteile, und ihm aus seinem Irrtum zu helfen.

ARGAN. Wie willst du das anstellen?

TOINETTE. Madame wird gleich wiederkommen. Legt Euch lang ausgestreckt in Euern Lehnstuhl und stellt Euch tot. Da sollt Ihr ihre Verzweiflung sehen, wenn ich's ihr beibringen werde.

ARGAN. Das wollen wir machen.

TOINETTE. Ja, aber Ihr dürft sie nicht zu lange in ihrem Jammer lassen, denn sie könnte leicht darüber sterben.

ARGAN. Sei ganz ruhig.

TOINETTE *zu Beralde.* Und Ihr versteckt Euch dort in der Ecke.

Siebzehnter Auftritt
Argan. Toinette.

ARGAN. Es ist doch nicht gefährlich, sich tot zu stellen?

TOINETTE. Nein, nein! Was könnte für Gefahr dabei sein? Streckt Euch nur aus. *Leise.* Es wird Euch das Vergnügen verschaffen, Euern Bruder zu beschämen. Da kommt Madame; haltet Euch nur recht ruhig!

Achtzehnter Auftritt

Belinde. Argan in seinem Lehnstuhl ausgestreckt. Toinette.

TOINETTE *stellt sich, als ob sie Belinden nicht sähe.* Ach du mein Gott! – Ach, das Unglück! – Welcher entsetzliche Zufall!

BELINDE. Was gibt's denn, Toinette?

TOINETTE. Ach, Madame!

BELINDE. Was ist geschehn?

TOINETTE. Euer Mann ist gestorben.

BELINDE. Mein Mann ist gestorben?

TOINETTE. Ach Gott, ja! – Der liebe selige Herr ist tot!

BELINDE. Ganz gewiß?

TOINETTE. Ja, ganz gewiß. Niemand weiß es noch; ich war hier ganz allein. Er ist in meinen Armen verschieden. Seht nur, da liegt er der Länge lang in seinem Stuhle.

BELINDE. Gott sei gelobt! Da bin ich von einer großen Last befreit. Bist du nicht eine Närrin, Toinette, dich darüber zu grämen!

TOINETTE. Ich dachte, Madame, ich müßte weinen.

BELINDE. Geh mir doch, es ist ja nicht der Mühe wert. Was ist denn an ihm verloren, und was war er in der Welt nütze? – Ein Mensch, der jedem beschwerlich war, unreinlich und widerlich, der immer ein Klistier oder eine Medizin im Leibe hatte, der nichts tat, als sich schnauben, husten und spucken, und dabei langweilig, ohne Witz, immer verdrießlich; der die Leute abhetzte und Tag und Nacht auf das Gesinde schalt ...

TOINETTE. Eine schöne Grabrede!

BELINDE. Jetzt mußt du mir nun beistehen, Toinette, und du kannst sicher sein, daß, wenn du mir hilfst, deine Belohnung nicht ausbleiben wird. Weil zum größten Glück noch niemand etwas von der Sache weiß, wollen wir ihn gleich in sein Bett tragen und seinen Tod geheimhalten, bis ich meine Angelegenheiten in Ordnung gebracht habe. Es sind Papiere und ist auch Geld da, die ich beide erst in Sicherheit bringen muß: es wäre wahrhaftig nicht billig, wenn ich meine besten Jahre ohne Nutzen bei ihm verschwendet haben sollte. Komm, Toinette; laß uns vor allen Dingen seinen Schlüssel nehmen ...

ARGAN *aufspringend.* Sachte!

BELINDE. Hu!

ARGAN. Ja, Madame! – Das also ist Eure Liebe?

TOINETTE. Ach du meine Güte! – Der selige Herr ist also nicht tot?

ARGAN *Belinden nachrufend.* Ich freue mich, endlich zu sehen, wie es mit Eurer Freundschaft steht, und die schöne Lobrede mit angehört zu haben, die Ihr mir hieltet. Das war eine Lehre, die mich für die Zukunft klüger machen und mich von vielem abhalten soll, was ich tun wollte.

Neunzehnter Auftritt.

Beralde aus seinem Versteck kommend. Argan. Toinette.

BERALDE. Nun, Bruder? Hast du's jetzt gesehen?

TOINETTE. Meiner Treu, das hätte ich nicht für möglich gehalten. Aber ich höre Eure Tochter: legt

Euch wieder hin, wie vorher, und laßt uns einmal sehen, was sie zu Eurem Tode sagen wird. Es ist nicht übel, darüber ins reine zu kommen, und weil Ihr einmal im Zuge seid, könnt Ihr Euch so am besten davon überzeugen, wie Eure Familie gegen Euch gesinnt ist.

BERALDE *versteckt sich wieder.*

Zwanzigster Auftritt
Argan. Angelique. Toinette.

TOINETTE *stellt sich, als ob sie Angelique nicht sähe.* O du mein Himmel! Ach! – Schreckliches Schicksal! – Ach, welch ein Unglückstag!

ANGELIQUE. Was hast du, Toinette? Worüber weinst du?

TOINETTE. Ach, ich habe eine betrübte Nachricht für Euch!

ANGELIQUE. Nun?

TOINETTE. Denkt nur! Euer Vater ist tot.

ANGELIQUE. Mein Vater ist tot, Toinette?

TOINETTE. Ja. Da könnt Ihr ihn sehen! Er ist eben vor einigen Minuten an einer Ohnmacht gestorben, die ihn überfiel.

ANGELIQUE. O Gott, welches Unglück! Welcher grausame Schlag! Ach! – Muß ich meinen Vater verlieren, das einzige, was ich auf der Welt hatte, und noch dazu, um mich völlig zur Verzweiflung zu bringen, in einem Augenblick, wo er mir zürnte! Was soll aus mir werden, ich Unglückselige, und wo soll ich Trost finden nach einem solchen Verlust?

Einundzwanzigster Auftritt
Argan. Angelique. Cleanthe. Toinette.

CLEANTHE. Was ist Euch, meine teure Angelique?
Worüber weint Ihr?

ANGELIQUE. Ach! Ich beweine, was ich im Leben
Liebstes und Unersetzlichstes verlieren konnte; ich
beweine den Tod meines Vaters.

CLEANTHE. O Himmel, welch ein Zufall! Welches
unerwartete Schicksal! – Ach! Nachdem Euer Oheim
auf meine flehentlichen Bitten meine Werbung bei
ihm übernommen, wollte ich jetzt eben mich ihm
vorstellen und es versuchen, durch meine
ehrerbietigen Bitten ihn zu bewegen, daß er mir Eure
Hand gewähre.

ANGELIQUE. Ach, Cleanthe, lassen wir das ruhen;
ich gebe jetzt alle Heiratsgedanken auf. Nachdem ich
meinen Vater verloren, will ich von der Welt nichts
mehr wissen und entsage ihr für immer. Ja, mein
Vater, wenn ich vorhin deinem Willen entgegen war,
will ich jetzt wenigstens einen deiner Wünsche
erfüllen, und so den Verdruß wieder gutmachen, den
ich mir vorwerfe, dir verursacht zu haben. *Sie wirft
sich ihm zu Füßen.* Laß mich, mein Vater, dir hier
mein Wort geben und in dieser Umarmung meine
Dankbarkeit aussprechen!

ARGAN *umarmt seine Tochter.* Ah, meine Tochter!

ANGELIQUE. O Himmel!

ARGAN. Komm! Fürchte dich nicht, ich bin nicht
tot. Ja, du bist mein echtes Blut, meine wahre
Tochter, und ich freue mich, daß ich dein gutes
Gemüt erkannt habe.

Zweiundzwanzigster Auftritt

Argan. Beralde. Angelique. Cleanthe. Toinette.

ANGELIQUE. Ach, welche angenehme Überraschung! Mein teurer Vater, weil Ihr mir denn durch das größte Glück vom Himmel wiedergeschenkt seid, erlaubt mir, daß ich Euch fußfällig um etwas bitte. Wenn Ihr der Neigung meines Herzens nicht günstig seid – wenn Ihr mir Cleanthen als Gatte weigert, so beschwöre ich Euch, daß Ihr mich wenigstens nicht zwingt, einen andern zu heiraten. Das ist die einzige Gnade, um die ich Euch anflehe.

CLEANTHE *wirft sich Argan zu Füßen.* Ach, mein Herr, laßt Euch von unsern Bitten rühren und widersetzt Euch nicht einer so schönen gegenseitigen Liebe.

BERALDE. Bruder, kannst du da noch widerstehen?

TOINETTE. Herr Argan, könnt Ihr bei so viel Liebe unempfindlich bleiben?

ARGAN. Nun, so mag er Arzt werden, dann will ich die Heirat zugeben. *Zu Cleanthe.* Ja; werdet Arzt, und Ihr sollt meine Tochter haben.

CLEANTHE. Von Herzen gern, Herr Argan! Wenn es nur daran liegt, so will ich, um Euer Eidam zu sein, Doktor, ja wenn Ihr wollt, selbst Apotheker werden. Das ist nicht der Rede wert, und ich täte noch ganz andre Dinge, um die schöne Angelique zu erhalten.

BERALDE. Aber Bruder, da fällt mir etwas ein. Werde doch selbst Arzt! das ist ja noch bequemer, und du findest dann alles, was du brauchst, in dir selbst.

TOINETTE. Das ist auch wahr. Das wäre das rechte Mittel, Euch bald zu kurieren: es ist ja keine

Krankheit so frech, daß sie sich an einem Arzt vergreifen sollte.

ARGAN. Ich glaube, Bruder, du willst mich zum besten haben. Bin ich denn nicht zu alt, um zu studieren?

BERALDE. Ei was, studieren! Du bist gelehrt genug, und es gibt viele unter ihnen, die nicht so viel wissen als du.

ARGAN. Man muß aber doch fließend Lateinisch sprechen können, die Krankheit kennen und die Mittel dagegen wissen?

BERALDE. Das lernt sich alles mit dem Mantel und dem Doktorbarett; du wirst nachher mehr wissen, als dir lieb sein wird.

ARGAN. Wie? – Man kann gleich über die Krankheiten mitsprechen, wenn man den Doktormantel angezogen hat?

BERALDE. Freilich. Sowie man im Mantel und Barett spricht, wird jeder Galimathias gelehrt und jeder Unsinn Vernunft.

TOINETTE. Wahrhaftig, Herr Argan, und wenn Ihr nichts hättet als Euern Bart, so wäre das schon viel; der Bart macht den halben Arzt.

CLEANTHE. Ich bin jedenfalls zu allem bereit.

BERALDE *zu Argan.* Wenn dir's recht wäre, könnten wir die Sache gleich in Ordnung bringen.

ARGAN. Wie denn? Gleich?

BERALDE. Ja, und hier in deinem Hause.

ARGAN. In meinem Hause?

BERALDE. Ja. Ich kenne eine mir befreundete Fakultät; sie wird sich gleich hier einstellen, und dann kann die Zeremonie in deinem Saal stattfinden. Kosten soll dir's nichts.

ARGAN. Aber ich? Was soll ich denn sagen? Was werde ich antworten?

BERALDE. Das werden sie dir in zwei Worten beibringen und dir schriftlich geben, was du zu sprechen hast. Geh nur und zieh dir einen schicklichen Rock an: ich will sie gleich holen lassen.

ARGAN. Das muß man sich doch mit ansehn.

Dreiundzwanzigster Auftritt
Beralde. Angelique. Cleanthe. Toinette.

CLEANTHE. Was meint Ihr eigentlich? Und was versteht Ihr unter Eurer Fakultät von guten Freunden?

TOINETTE. Was habt Ihr vor?

BERALDE. Uns einen lustigen Abend zu machen. Die Schauspieler haben ein kleines Zwischenspiel von der Promotion eines Doctoris medicinae mit Tanz und Musik gemacht: das soll uns zusammen die Zeit vertreiben und mein Bruder die Hauptrolle dabei spielen.

ANGELIQUE. Aber, Herr Oheim, mir scheint, Ihr habt meinen Vater ein wenig zu sehr zum besten!

BERALDE. Nein, liebe Nichte, wir haben ihn nicht sowohl zum besten, als daß wir auf seine Grillen eingehn. Das alles bleibt ja unter uns. Wir können auch jeder eine Rolle übernehmen, und uns einer dem andern etwas vorspielen. Im Karneval ist alles erlaubt. Kommt und helft mir schnell den Saal herzurichten.

CLEANTHE *zu Angelique*. Willigt Ihr ein?

ANGELIQUE. Ja, weil mein Onkel die Sache leitet.

Drittes Zwischenspiel

Musik. Einige Tapezierer kommen, schmücken den Saal aus und stellen Bänke auf; alles nach dem Takt. Darauf erscheint die ganze medizinische Gesellschaft, bestehend aus acht Klistierspritzenträgern, sechs Apothekern, zweiundzwanzig Doktoren und dem in die Fakultät aufzunehmenden Kandidaten; ferner treten auf acht tanzende und zwei singende Chirurgen, und alle nehmen zu beiden Seiten des Theaters Platz, jeder nach seinem Rang.

Erster Ballett-Auftritt

DER PRÄSIDENT.
Sapientissimi Doctores,
Medicinae Professores,
Qui hic versammlati estis;
Et vos altri messiores,
Sententiarum facultatis
Fideles executores,
Chirurgiani et Apothecarii,
Atque tota Compania allhie:
Salus, honor, et argentum,
Atque bonum appetitum.
Non possum, confratres cari,
In mir satis admirari
Qualis bona inventio
Est Medici professio.
Quam wie vom Himmel est geschickta
Medicina illa benedicta,
Quae, suo nomine solo,
Wunderbari miraculo
Seit also longo tempore
Facit in Schmausibus vivere

Soviel confratres omni genere.
Per totam terram videmus
Grossen Zulaufum ubi sumus,
Et quod cives et soldati
Sunt in nobis vernarrati.
Totus mundus, currens ad nostros remedios,
Nos betrachtet sicut Deos,
Et nostris ordonnantiis
Principes et Reges submissos videtis.
Deswegen gebührt sich's nostrae sapientiae,
Verstando atque prudentiae,
Kraeftibus unitis laborare
Uns allzeit bene conservare
In tali credito, Rufo et honore;
Uns in acht zu nehmen non recipere
In nostro docto corpore
Quam personas capabiles,
Et totas dignas verwaltare
Has Stellas honorabiles.
Derohalben auch nunc convacati estis
Et credo quod findebitis
Dignam materiam medici
In docto homine allhie.
Welchen in Sachis omnibus
Dono ad interrogandum
Et gründlich examinandum
Vestris capacitatibus.

PRIMUS DOCTOR.
Si mihi licentiam dat Dominus Praeses,
Et tanti docti doctores,
Et assistantes illustres,
Fragabo den gelehrten
Baccalaureum, den werten,
Fragabo causam et rationem quare
Opium facit dormitare.

BACCALAUREUS.

Mihi a docto doctore
Fragatur causa et ratio quare
Opium facit dormire.
Worauf ego respondeo:
Quia est in eo
Virtus dormitiva,
Cujus est natura
Sensus soporare.

CHORUS.

Bene, bene, bene, respondēre!
Dignus, dignus est intrare
In nostro docto corpore.
Bene, bene, bene, respondēre!

SECUNDUS DOCTOR.

Cum permissione domini Praesidis,
Doctissimae facultatis,
Et totius his nostris actis
Companiae assistantis,
Fragabo te, docte Bacalaurée:
Quae sunt remedia
Quae in maladia
Genannt hydropisia
Convenit facere?

BACCALAUREUS.

Clysterium setzare,
Nachher aderlassare,
Postea purgare.

CHORUS.

Bene, bene, bene, bene respondēre!
Dignus, dignus est intrare
In nostro docto corpore.

TERTIUS DOCTOR.

Si bonum dünkat domino Praesidi,
Doctissimae facultati,
Et companiae praesenti,
Fragabo te, docte Bacalaurée:
Quae remedia eticis
Pulmonicis atque astmaticis
Findas ratsam facere? –

BACCALAUREUS.

Clysterium setzare,
Nachher aderlassare,
Postea purgare.

CHORUS.

Bene, bene, bene, bene respondēre!
Dignus, dignus est intrare
In nostro docto corpore.

QUARTUS DOCTOR.

Super illas maladias
Doctus Bacalaureus dixit res bellissimas.
Aber, si non langweilo Dominum Praesidem,
Doctissimam facultatem,
Et totam honorabilem
Companiam auscultantem,
Faciam illi unam quaestionem.
Seit gestern maladus unus
Fallavit in meos manus;
Habet starkum Fiebrum cum Anfällis,
Starkum malum im Rückgrate
Et athmat cum difficultate.
Wollas mihi dicere,
Docte Bacalaurée,
Quid illi facere?

BACCALAUREUS.

Clysterium setzare,
Nachher aderlassare,
Postea purgare.

QUINTUS DOCTOR.
Aber, si maladia
Opiniatra
Non vult recedere,
Quid illi facere?

BACCALAUREUS.
Clysterium setzare,
Nachher aderlassare,
Re-ader lassare, repurgare, et reclysterisare.

CHORUS.
Bene, bene, bene, bene respondēre!
Dignus, dignus est intrare
In nostro docto corpore.

PRAESES.
Juras observare statuta
Per facultatem praescripta
Cum sensu et Verstando?

BACCALAUREUS.
Juro.
PRAESES.
Essere in omnibus
Consultationibus
Veterum Ansichtae
Aut bonae
Aut verkehrtae?

BACCALAUREUS.
Juro.

PRAESES.
Nunquam uti remedio,

Es sei nun so oder so,
Quum ex mandato doctae facultatis,
Sollte Maladus auch crepiren
Et mori de suo malo?

BACCALAUREUS.
Juro.

PRAESES.
Ego cum isto bareto
Venerabili et docto
Dono tibi et concedo
Virtutem et Potentiam
Medicandi,
Purgandi,
Aderlassandi,
Stechendi,
Schneidendi,
Bohrendi
Et occidendi
Impune per totam terram.

Zweiter Ballett-Auftritt
Alle Chirurgen und Apotheker verneigen sich im Takt
vor dem neuen Doktor.

BACCALAUREUS.
Grossi Doctores doctrinae
Rhabarberi et Quassiae,
Es wäre von mir res stultissima,
Inepta et ridicula
Si me volebam erdreistare
Vobis Lobsprüchos cantare;
Si findebam ein Vergnügen,
Lumina Soli zuzufügen,

Oder Coelo Stellas,
Oder Mari Wellas,
Oder pisces dem Oceano,
Oder Rosas dem Frühlingio.
Deshalb rogo ut placeat
Tam docto corpori anstatt
Langer Reden, dass ich sofort
Mich bedankam mit einem Wort.
Vobis, Vobis, debeo
Viel mehr als naturae et patri meo.
Natura et Pater meus
Hominem me habent factum;
Vos dagegen, quod est multum plus,
Habetis factum medicum.
Habt cordi meo, solange es schlägt,
Gratiam für immer eingeprägt,
Quae durabit in saecula.

CHORUS.
Vivat, vivat, vivat, hundertmal vivat,
Novus Doctor, qui tam bene sprechat!
Mille, mille, annis, et essat, et trinkat,
Et aderlassat et tödtat!

Dritter Ballett-Auftritt
Alle Chirurgen und Apotheker tanzen unter Musik
und Gesang klatschen dabei in die Hände und
klappern mit den Mörsern.

CHIRURGUS.
Mög' er schaun, wie durch seine doctas
Et pulcherrimas ordonnancias
Sich fällen die Stubae et Budae
Omnium chirurgorum

Et Apothicarum!

CHORUS.
Vivat, vivat, vivat, hundertmal vivat
Novus Doctor, qui tam bene sprechat!
Mille, mille annis, et essat, et trinkat,
Et aderlassat, et tödtat!

CHIRURGUS.
Mögen toti anni
Ihm essere boni
Et favorabiles,
Und möge das Glück ihm geben
Und ihn nichts lassen erleben,
Quam pestas, verolas,
Fiebra, Pleuresias,
Blutsturzos und Dyssenterias.

CHORUS.
Vivat, vivat, vivat, hundertmal vivat
Novus Doctor, qui tam bene sprechat!
Mille, mille annis, et essat, et trinkat.
Et aderlassat, et tödtat.

Vierter Ballett-Auftritt
Die Ärzte, Chirurgen und Apotheker gehen paarweise
in feierlicher Ordnung nach dem Range, wie sie
gekommen sind, wieder hinaus.

Taschenbuch-Literatur-Klassiker

Bd. 1 *Abenteuer und Fahrten des Huckleberry Finn*, Mark Twain, Bd. 2 *Andersens Märchen*, Hans Christian Andersen, Bd. 3 *Anton Reiser*, Karl Philipp Moritz, Bd. 4 *Aus dem Leben eines Taugenichts*, Joseph Freiherr v. Eichendorff, Bd. 5 *Bahnwärter Thiel*, Gerhard Hauptmann, Bd. 6 *Bambi Eine Lebensgeschichte aus dem Walde*, Felix Salten, Bd. 7 *Bauern, Bonzen und Bomben*, Hans Fallada, Bd. 8 *Bel Ami*, Guy de Maupassant, Bd. 9 *Bergkristall*, Adalbert Stifter, Bd. 10 *Candide oder der Optimismus*, Voltaire, Bd. 11 *Caspar Hauser oder Die Trägheit des Herzens*, Jakob Wassermann, Bd. 12 *Dantons Tod*, Georg Büchner, Bd. 13 *Das Bildnis des Dorian Grey*, Oscar Wilde, Bd. 14 *Das Dschungelbuch*, Rudyard Kipling, Bd. 15 *Das Fräulein von Scuderi*, ETA Hoffmann, Bd. 16 *Das Gemeindekind*, Marie v. Ebner-Eschenbach, Bd. 17 *Das Heptameron*, Margarete v. Navarra, Bd. 18 *Märchenbriefbuch der heiligen Nächte*, Max Dauphtendey, Bd. 19 *Das Marmorbild*, Joseph v. Eichendorff, Bd. 20 *Das Schloss*, Franz Kafka, Bd. 21 *Das Urteil*, Franz Kafka, Bd. 22 *David Copperfield*, Charles Dickens, Bd. 23 *Der abenteuerliche Simplizissimus*, Grimmelshausen, Bd. 24 *Der arme Spielmann*, Franz Grillparzer, Bd. 25 *Der eingebildete Kranke*, Moliere, Bd. 26 *Der ewige Spießer*, Ödön v. Horváth, Bd. 27 *Der Fürst*, Nocolò Machiavelli, Bd. 28 *Der Glöckner von Notre Dame*, Victor Hugo, Bd. 29 *Der goldene Esel, Apuleius*, Bd. 30 *Der goldene Topf*, ETA Hoffmann, Bd. 31 *Der Graf von Monte Christo*, Alexandre Dumas, Bd. 32 *Der grüne Heinrich*, Gottfried Keller, Bd. 33 *Der kleine Häwelmann und andere Märchen*, Theodor Storm, Bd. 34 *Der kleine Lord*, Frances Hodgson Burnett, Bd. 35 *Der letzte Mohikaner*, James Fenimore Cooper, Bd. 36 *Der Prozess*, Franz Kafka, Bd. 37 *Der Sandmann*, ETA Hoffmann, Bd. 38 *Der Schimmelreiter*, Theodor Storm, Bd. 39 *Der Schuss von der Kanzel*, Conrad Ferdinand Meyer, Bd. 40 *Der Seewolf*, Jack London, Bd. 41 *Der seltsame Fall des Dr. Jekyll und Mr. Hyde*, Robert Louis Stevenson, Bd. 42 *Der Stechlin*, Theodor Fontane, Bd. 43 *Der Sturmheidhof (Sturmhöhe)*, Emily Brontë, Bd. 44 *Der Tor und der Tod*, Hugo v. Hofmannsthal, Bd. 45 *Der Weg ins Freie*, Arthur Schnitzler, Bd. 46 *Der zerbrochene Krug*, Heinrich v. Kleist, Bd. 47 *Deutsches Märchenbuch*, Ludwig Bechstein, Bd. 48 *Deutschland. Ein Wintermärchen*, Heinrich Heine, Bd. 49 *Die Abenteuer der sieben Schwaben*, Ludwig Aurbacher, Bd. 50 *Die Burg von Otranto*, Horace Walpole, Bd. 51 *Die drei Musketiere*, Alexandre Dumas, Bd. 52 *Die Elixiere des Teufels*, ETA Hoffmann, Bd. 53 *Die Geschichte meines Lebens*, Georg Ebers, Bd. 54 *Die Insel Felsenburg*, Johann Gottfried Schnabel, Bd. 55 *Die Judenbuche*, Annette v. Droste-Hülshoff, Bd 56. *Die Kameliendame*, Alexandre Dumas, Bd. 57 *Die Kartause von Parma*, Stendhal, Bd. 58 *Die Kreutzersonate*, Lew Tolstoi, Bd. 59 *Die Leiden des jungen Werther*, Johann Wolfgang v. Goethe, Bd. 60 *Die Leute von Seldvyla I*, Gottfried Keller, Bd. 61 *Die Leute von Seldvyla II*, Gottfried Keller, Bd. 62 *Die Marquise*, George Sand, Bd. 63 *Die Marquise von O.*, Heinrich v. Kleist, Bd. 64 *Die Memoiren der Fanny Hill*, John Cleland, Bd. 65 *Die Ratten*, Gerhard Hauptmann, Bd. 66 *Die Räuber*, Friedrich v. Schiller, Bd. 67 *Die*

Regentrude, Theodor Storm, Bd. 68 *Die Reisen des Baron zu Münchhausen*, Bd. 69 *Die Schatzinsel*, Robert Louis Stevenson, Bd. 70 *Die Verlobten*, Allessandro Manzoni, Bd. 71 *Die Verwandlung*, Franz Kafka, Bd. 72 *Die Verwirrungen des Zöglings Törleß*, Robert Musil, Bd. 73 *Die Waffen nieder*, Berta von Suttner, Bd. 74 *Die Wahlverwandtschaften*, Johann Wolfgang v. Goethe, Bd. 75 *Don Carlos*, Friedrich v. Schiller, Bd. 76 *Eduards Traum*, Wilhelm Busch, Bd. 77 *Effi Briest*, Theodor Fontane, Bd. 78 *Egmont*, Johann Wolfgang v. Goethe, Bd. 79 *Ein Held unserer Zeit*, Michail Lermontoff, Bd. 80 *Einsichten und Ausblicke*, Gerhard Hauptmann, Bd. 81 *Emilia Galotti*, Gottold Ephraim Lessing, Bd. 82 *Erinnerungen aus galanter Zeit*, Giacomo Casanova, Bd. 83 *Erzählungen*, Wilhelm Busch, Bd. 84 *Es waren zwei Königskinder*, Theodor Storm, Bd. 85 *Essays*, Michel de Montaigne, Bd. 86 *Franz Sternbalds Wanderungen*, Ludwig Tieck, Bd. 87 *Fräulein Else*, Arthur Schnitzler, Bd. 88 *Frühlings Erwachen*, Frank Wedekind, Bd. 89 Gedanken, Blaise Pascal, Bd. 90 *Gefährliche Liebschaften*, Pierre-Ambroise-François Choderlos de Laclos, Bd. 91 *Gegen den Strich*, Joris-Karl Huysmany, Bd. 92 *Geschichte des Fräuleins von Sternheim*, Sophie v. La Roche, Bd. 93 *Geschichte vom braven Kasperl und dem Annerl*, Clemens Brentano, Bd. 94 *Geschichten aus dem Wienerwald*, Ödön v. Horváth, Bd. 95 *Glanz und Elend der Kurtisanen*, Honore de Balzac, Bd. 96 *Glück und Unglück der berühmten Moll Flanders*, Daniel Defoe, Bd. 97 *Götz von Berlichingen*, Johann Wolfgang v. Goethe, Bd. 98 *Gullivers Reisen*, Jonathan Swift, Bd. 99 *Heidis Lehr und Wanderjahre*, Johann Spyri, Bd. 100 *Heinrich von Ofterdingen*, Novalis, Bd. 101 *Hiob Roman eines einfachen Mannes*, Joseph Roth, Bd. 102 *Immensee*, Theodor Storm, Bd. 103 *Iphigenie auf Tauris*, Johann Wolfgang v. Goethe, Bd. 104 *Italienische Märchen*, Clemens Brentano, Bd. 105 *Ivannhoe*, Walter Scott, Bd. 106 Jahrmarkt der Eitelkeiten, William Makepeace Thackeray, Bd. 107 *Jane Eyre*, Charlotte Brontë, Bd. 108 *Jugend ohne Gott*, Ödön v. Horvath, Bd. 109 *Jürg Jenatsch*, Conrad Ferdinand Meyer, Bd. 110 *Kabale und Liebe*, Friedrich v. Schiller, Bd. 111 *Kasimir und Karoline*, Ödön v. Horvath, Bd. 112 *Kinder- und Hausmärchen*, Gebrüder Grimm, Bd. 113 *Kleiner Mann, was nun*, Hans Fallada, Bd. 114 *König Alkohol*, Jack London, Bd. 115 *Krambambuli*, Marie Ebner-Eschenbach, Bd. 116 *Lausbubengeschichten*, Ludwig Thoma, Bd. 117 *Lavinia - Pauline - Kora*, George Sand, Bd. 118 *Leben und Lüge*, Detlev von Liliencron, Bd. 119 *Lebensansichten des Katers Murr*, ETA Hoffmann, Bd. 120 *Lenz. Der hessische Landbote*, Georg Büchner, Bd. 121 *Lieutenant Gustl*, Arthur Schnitzler, Bd. 122 *Lord Jim*, Joseph Conrad, Bd. 123 *Luise*, Johann Heinrich Voß, Bd. 124 *Madame Bovary*, Gustave Flaubert, Bd. 125 *Märchen*, Wilhelm Hauff, Bd. 126 *Maria Stuart*, Friedrich v. Schiller, Bd. 127 *Max Havelaar*, Multatuli, Bd. 128 *Meister Floh*, ETA Hoffmann, Bd. 129 *Michael Kohlhaas*, Heinrich v. Kleist, Bd. 130 *Minna von Barnhelm*, Gotthold Ephraim Lessing, Bd. 131 *Moby Dick*, Hermann Melville, Bd. 132 *Nathan, der Weise*, Gotthold Ephraim Lessing, Bd. 133-1 und 133-2 *Nils Holgersson wunderbare Reise*, Selma Lagerlöf, Bd. 134 *Niels Lyne*, Jens Peter Jacobsen, u.a.m.

Von demselben Autor/Herausgeber sind bei BOD bereits erschienen:

Alle Tage Feiertage
ISBN 978-3-7386-0409-2, 280 S.
Allerlei Anlässe zum Aktionieren, Feiern und Gedenken

100 Kinderlieder
ISBN 978-3-7322-3024-2, 112 S.
100 Kinderlieder, altbekannt und immer wieder gern gesungen

Liederbuch (Deutsche Volkslieder)
ISBN 978-3-8423-6702-9, 312 S.
300 Volkslieder aus 8 Jahrhunderten und aller Herren Länder

Sagen und Erzählungen aus Marburg und Oberhessen
ISBN 978-3-7347-8909-0, 164 S.
Allerlei Schwänke und Geschichten aus dem Marburger Land

Tausenderlei über die Freiheit
ISBN 978-3-7322-9721-4, 140 S.
Mehr als 1000 Zitate, Bonmots und Aphorismen über die Freiheit

Tausenderlei über das Glück
ISBN 978-3-7322-5525-2, 160 S.
Mehr als 1000 Zitate, Bonmots und Aphorismen über das Glück

Tausenderlei über die Liebe
ISBN 978-3-8423-7474-4, 140 S.
Mehr als 1000 Zitate, Bonmots und Aphorismen zum Thema Nr. Eins

Weihnachtsgedichte– Verse, Reime und Gedichte zum Fest
ISBN 978-3-7347-6393-9, 352 S.
290 Werke bekannter und unbekannter Dichter zum Weihnachtsfest

Weihnachtsgeschichten - Erzählungen und Märchen
ISBN 978-3-7347-6404-2, 392 S.
85 kurze und lange Texte zur Weihnachtszeit

Weihnachtsgeschichten 2
ISBN 978-3-7481-7533-9, 360 S.
35 kürzere und längere Geschichten zur Weihnacht

100 Weihnachtslieder
ISBN 978-3-7322-3375-5, 112 S.
100 Weihnachtslieder aus der Heimat und der ganzen Welt

Lob und Tadel an tessitore@web.de